為何我的世界被遺忘了？

Vol. 2

墮天之翼

Phy Sew lu, ele tis Es feo r-delis uc l.

The Fallen Wings

細音啓

Illustration | neco

Kadokawa Fantastic Novels

World
Phy Sew lu, ele tis Es feo r-delis uc I.
Characters
登場人物
Kai
凱伊
是唯一知曉「正史」世界，遭世界遺忘的少年。繼承了英雄希德的劍與武技。
Rinne
鈴娜
天魔少女。原沉眠於不應存在於「別史」世界的「惡魔墳墓」之中。
貞德
在「正史」世界裡是凱伊的青梅竹馬；而在「別史」世界裡則是有靈光騎士之稱，威望過人的男裝麗人。
Jeanne

Story 故事

人類在五種族大戰中獲得了勝利。然而，這樣的世界卻突然在少年凱伊的面前遭受「覆寫」，取而代之的，是人類敗給了惡魔和龍族等其他種族的世界，而凱伊也成了被所有人類遺忘的存在。儘管如此，為了尋找回歸原世界的線索，凱伊抵達了這個世界不應存在的「墳墓」，並結識了命定的少女鈴娜。繼承了英雄之劍和武技的凱伊，決定向支配這世界的異種族宣戰。他在靈光騎士貞德等人的協助下，歷經苦戰後打敗了「冥帝」凡妮沙，為這個世界的人類點亮了反攻的希望之光。

Keyword 用語

▸ 正史

在英雄希德的活躍下，引領人類擊敗其他種族獲得勝利的世界。凱伊所隸屬的人類庇護廳，則負責管理封印各種族的墳墓。

▸ 別史

透過某人操作遭到「覆寫」，為人類被其他種族擊敗的世界。各地皆受到各種族的英雄統治，人類則是抵抗著各種族的支配。

▸ 英雄希德

雖是在五種族大戰中引領人類走向勝利的存在，但就連在正史世界，其存在也廣受質疑；而在別史的世界裡成了歷史中不曾存在過的人物。

▸ 人類反旗軍（反抗組織）

抵抗異種族支配的人類組織。雖然散布於各地，但鮮少互相合作進行行動。貞德為烏爾札地方的人類反旗軍領導者。

「世界輪迴」發動。

開始執行世界覆寫──

拂曉時分

1

「凱伊——————！凱伊人呢？凱伊人呢？凱伊在哪在哪在哪？」

這裡是政府宮殿。

位於廣袤的烏爾札聯邦中心處的，是象徵王都（烏爾札克）的高聳雙塔。而在一樓大廳裡，少女嬌柔的嗓音正大聲地迴響著。

「凱伊——————？」

「不用喊那麼大聲啦，我人在這裡。」

在一樓大廳的電梯前方。

為長達三十年未受使用的電梯做清理並重接鋼纜——名為凱伊的少年停下手邊原本在執行的動作，擦去了額上的汗水。

凱伊・沙克拉・班特。

少年有著深藍色的頭髮，以及同色系的眼眸，今年十七歲。

他身穿人類庇護廳的戰鬥服——用以對抗其他種族的量產軍服，而他的身體則是散發著不懈怠鍛鍊所呈現出來的強健力道。

「鈴娜，找我有什麼事啊？」

「唔！啊，找到凱伊了——！」

在看到少年的身影後，金髮少女登時變得容光煥發。

少女名為鈴娜。

她有著翡翠色的雙眸，此時正甩著淡金色長髮跑了過來。

鈴娜有著可愛而端正的五官，臉頰因興奮而微紅，雖然身材纖瘦，但仍有著豐滿的上圍。而那身輕薄的服裝則是凸顯出了她纖細的腰枝。

就外觀看來，她的年紀約莫十六歲吧。

但就連鈴娜本人都不曉得自己真正的年紀——這是因為少女是混雜了許多種族的血脈出生的關係。

而此時的鈴娜——

驀地舉起了用來擦拭窗戶的抹布。

「凱伊，不妙了！大事不妙了！」

「咦？我不是要妳去幫忙打掃而已嗎？」

「就是打掃的事！來這裡來這裡！」

鈴娜拉著凱伊的手，來到了大廳的深處。

走進通道的凱伊，看到的是破掉的玻璃窗。總計四片之多的玻璃窗，全都冒出了蜘蛛網狀的裂痕。

「咦，玻璃破了？真奇怪，這裡的玻璃窗才剛換過新的而已啊？」

「我要擦玻璃的時候，發現這些玻璃已經破掉了呢。」

「……這樣啊。」

鈴娜手上拿著用來擦窗戶的抹布。

而凱伊的視線則是在那條抹布和玻璃之間來回掃視著。

「四片玻璃上都還留有水珠，感覺像是被擰好的抹布擦過所留下的痕跡呢。」

「啊嗚？」

金髮少女驚呼一聲，將抹布藏到身後。

「不……不是我做的喔？玻璃不是我打破的啦！」

「……是在擦玻璃的時候施力過猛的關係嗎？」

鈴娜是混雜了無數種族特徵的混沌種。

也許是龍族或獸人一系的特徵使然吧，雖然外表弱不禁風，但那條纖細胳膊所蘊涵的力量之強，甚至會教人瞠目結舌。

在執行不適應的擦窗作業時，她確實有可能一不小心打破窗戶。

凱伊雖然是這麼想的——

「才……才不是呢！」

鈴娜連連搖頭說道：

「我來的時候，玻璃就已經破掉了！一定是人類反旗軍（反抗組織）的傭兵幹的好事！我覺得在另一頭打掃的人類非常可疑！」

「好，我知道了，我相信鈴娜是無辜的。」

「唔，凱伊，謝謝你！」

「話說回來，鈴娜，玻璃破掉時有受傷嗎？要是被碎片扎到的話可是很危險的。」

「才不會有事呢。因為我在玻璃破掉的瞬間就把手給抽——…………啊……」

「這樣啊，是妳打破的啊。」

看到凱伊點頭如此斷定，鈴娜的笑臉僵住了。

「鈴娜。」

「…………」

少女默默地抬起眼眸凝視著自己。她雖然像是有話想說，但還是把那些藉口吞了回去，最後從她嘴裡說出口的回應則是——

「……對不起。」

「知道有錯就好。」

「……欸，凱伊，你生氣了嗎？」

「嗯——算是吧。」

「…………你……你果然不打算原諒我吧？」

「因為妳有老實道歉，所以我這次就不生氣了。」

「嗯！我果然還是喜歡凱伊！」

看到鈴娜開心地蹦跳起來的模樣，凱伊不禁暗自苦笑。

雖說打破玻璃固然浪費，但只要說明原委，肯定不會受到多嚴厲的斥責。畢竟在從惡魔族手中奪回政府宮殿（這裡）的那場勝仗之中，最大的功臣正是凱伊和鈴娜。

從今天倒算七天前——

人類從惡魔族手裡奪回烏爾札克，並與冥帝凡妮沙爆發了死鬥。若沒有鈴娜的協助，無論是哪一項作戰都無法獲得最後的勝利。

「我會和貞德說一聲。玻璃窗的話應該還是有備品的。」

「貞咪嗎？」

「是貞德啦。鈴娜也要一起來嗎？」

「不，我不去。那個叫會議室的地方有很多人類吧？一樓的場地比較大，而且也沒多少人類，待在這裡比較自在呢。」
鈴娜皺起臉龐。
身為異族的她，有著被包含人類在內的各種族迫害過的傷心往事。她只將拯救了自己性命的凱伊視為特例，基本上還是不擅與人類相處。
鈴娜有著融合了天使和惡魔特徵的天魔之翼。
藏在頭髮底下的耳朵也略顯尖銳，帶著精靈族的特徵。
雖說背上的翅膀能折疊起來藏在衣服底下，但要是被凱伊之外的人類瞧見，恐怕是免不了一場大騷動吧。
「好吧。我去和貞德打個照面，鈴娜就在這裡休息吧。」
「好喔——！」
「因為我不在，所以禁止妳在這邊胡鬧。」
「嗯。既然凱伊這麼說，那我就不胡鬧了。」
要是不叮嚀的話，她就打算在這裡胡鬧嗎？
雖然閃過了讓人毛骨悚然的想像畫面，但眼前的少女卻是笑吟吟地抬眼看著自己。面對這天真可愛的笑容，凱伊實在是感到難以招架。
「凱伊慢走！」
「我會馬上回來的。」

他轉身背對鈴娜。

他搭乘自己修好的電梯（也順便當成啟動測試）前往十樓。

「太好了，還能運作……不過，我還是沒辦法習慣啊，**在我現在所在的世界裡**，居然光是能讓一座電梯運作，就能湧現出一股感動。」

電梯一路向上。

頹靠在冰冷牆上的凱伊，驀地抬頭仰望天花板。

「……英雄（希德），我會代替你取回我所記得的世界。」

某天，世界遭到了「覆寫」。

在少年（凱伊）的眼前，「世界輪迴」覆寫了一切的歷史——

約莫一百年前。

存在於凱伊記憶中的正史，五大種族為了爭奪世界霸權而爆發了一場死鬥。

俗稱五種族大戰。

最後獲得勝利的，乃是由英雄希德領軍的人類。人類擊敗了與之敵對的四種族，將之封印在世界的邊陲。

本應是如此才對。

——奉英雄「冥帝」凡妮沙為首領，揮灑強大法力的惡魔族。

——奉英雄「主天」艾弗雷亞為首領，由天使和精靈等各族構成的蠻神族。

——奉英雄「靈元首」六元鏡光為首領，以幽靈等性質極為特殊的存在所構成的聖靈族。

——奉英雄「牙皇」拉蘇耶為首領，以群聚的巨大猛獸所構成的幻獸族。

然而。

這樣的歷史卻已不復存。

與正史相反的結局——世界被竄改為「人類在五種族大戰中戰敗」的別史。而凱伊正是唯一目擊這「世界輪迴」發動瞬間的人類。

……還記得正史的就只有我和鈴娜而已。

……其他的所有人都不知曉正史的存在。

在正史統率人類的英雄希德，不曾存在這別史的世界之中。正因為沒有英雄希德的現身，人類才會敗於四種族之手。

而這便是這個世界的現況。

「……說笑的。老實說，我根本也是自顧不暇的狀態，哪有那個臉說什麼顧全人類局勢一類的大話啊。」

被世界遺忘的少年——

在這個被覆寫的世界裡，凱伊和英雄希德相同，都是不曾存在過的人類。不僅父母和親戚的下落不明，就連過去的同事和上司都不記得他。

若要說唯一的救贖——

大概就是自己(凱伊)和鈴娜成功地從惡魔族的支配底下搶回了王都(此地)吧。就結果來說，他們也因而獲取此地烏爾札人類反旗軍的傭兵信任。

其中最重要的，莫過於與指揮官貞德打好關係這一點。

「還真是奇妙的感覺啊。小時候到處玩耍的小女孩(貞德)，在這個世界卻是高昇到被稱之為聯邦救世主的身分。」

「……凱伊？」

電梯停止。

在敞開的電梯門前，站著身穿銀色盔甲的男裝騎士。

她是烏爾札人類反旗軍的領導者貞德。那英氣十足的端正五官，在精悍之中散發著美麗的中性魅力。

「怎麼了，凱伊？難得看你來第十層。」

「太好了，貞德。我有事找妳……說詳細點的話，應該是有事找妳道歉啊。」

「找我道歉？」

她身後站著兩名部下。這時，貞德連同兩名虎背熊腰的整合隊長，一齊在電梯門前停下腳步。

「我弄破一樓通道的玻璃窗了。抱歉。」

「……又打破了？」

「又？」

「打破的肯定不是你，而是鈴娜吧？昨天她打破了大廳天花板的燈管，惹得隊長一頓痛罵。你沒聽她說嗎？」

「不，沒有，我還是頭一次聽到……」

凱伊知道的訊息，就只有鈴娜在昨天協助換了天花板的燈管而已，他並沒有聽說鈴娜出糗的事。

「鈴娜那丫頭八成是不想被我罵，所以才刻意不提吧。」

「她惹怒隊長的時候似乎有反省過了，你如果要罵她的話，可別罵得太過火了。畢竟她可是打倒冥帝的大功臣，萬一鬧起脾氣可就難辦了。」

貞德微微露出了苦笑。

她那樣的神態——

『從小就和我玩在一起，直到現在也願意陪我的，就只有凱伊而已喔。』

『……那個……該怎麼說，我……我可以期待你有重要的話要說嗎？』

與**最後見到的**她的容貌重疊在一起。

一同上街購物的兩人走在十字路口上，而就在下一刻，世界輪迴的發動，便讓世界遭到了覆寫。

現在的貞德，並不記得身為青梅竹馬的自己（凱伊）。

「凱伊？」

「啊……哦，抱歉，我有在聽。」

被點名的凱伊連忙回神過來。

如今的她，是烏爾札人類反旗軍的指揮官貞德，亦是被烏爾札聯邦人民讚頌為「靈光騎士」的男裝騎士。

……她用化妝品加深自己的膚色，將臉型修飾成男性的樣貌。

……至於盔甲則是為了掩飾自己的體型吧。

她硬是擠著嗓子，模仿男性的聲調說話；至於引以為傲的銀髮由於過長，所以將之盤在後腦杓上。

老實說，就是看在凱伊的眼裡，貞德的男裝也是無懈可擊。

這種「有著少女般嬌柔外貌的青年」也教人印象深刻，為指揮官的身分增色不少。

「那麼，關於鈴娜打破的玻璃——」

「我之後會派人換新的，但我和部下今明兩天都會很忙，就麻煩你照看鈴娜了。別讓她離開你的視線。」

「我知道了，我不會讓玻璃出現更多犧牲者了。」

「麻煩你了。畢竟——」

貞德將視線投向十樓通道的窗戶外頭。

那是一片蔚藍的天空。

一直到七天前，這片藍天都還被大批的帶翼惡魔覆蓋住。

「這可是好不容易才取回的王都，我希望能盡快將總部轉移至此地。這座政府宮殿會成為烏爾札人類反旗軍的新總部。」

「也要將人類特區移到這裡吧？」

「——那就太操之過急了。」

沙啞嗓聲伴隨著腳步聲靠近。

那名女幹部先是停在貞德面前行了一禮，隨即以行雲流水般的動作轉向凱伊。

她是護衛官——花琳，乃是貞德的貼身保鏢。

年紀大約在二十五歲上下。

她有著冰冷的灰色雙眸，以及輪廓偏深的端正五官。

花琳的身高幾乎與男性傭兵相仿，雖然身材看似纖細，卻飽經鍛鍊，那讓人感受不到肌

肉沉甸感的站姿，令人聯想到母豹的身段。

「這聯邦的居民在三十年前敗在惡魔大軍的手下，失去了原有的領土，然後逃到了地下或是廢墟之中過活。」

「——是啊。」

花琳雖然說得理所當然，但這對凱伊來說仍是難以適應的「常識」。

此地——烏爾札聯邦在與惡魔族的大戰之中戰敗，而人類則是躲在被稱為人類特區的隱蔽都市生活。

……世界各地都是這樣的狀況。

……不只是惡魔族而已，蠻神族、幻獸族和聖靈族也奪走了人類的居所。

然而。

在擊敗惡魔的英雄凡妮沙後，雙方的立場徹底倒轉過來。而就現況來說，惡魔確實是一個不剩地從這座王都撤了出去。

「擊敗冥帝（凡妮沙）的價值固然是難以計量，但惡魔的數量實在太多了。」

「……是沒錯。」

據說惡魔族的數量之多，僅在人類之下。

牠們挾著數量優勢大舉報復的可能性，確實值得納入考量。

「目前確認惡魔確實撤退的地點，就只有王都（這裡）嗎？」

「正是如此。要讓全烏爾札聯邦人類特區的居民遷居至此還太過困難，而正如你所見，這裡大多數的大樓都與廢墟無異。」

女護衛將手指向窗外。

矗立的大樓全都呈現千瘡百孔的狀態，維持著三十年前遭到惡魔族襲擊時毀損的樣貌。

「況且，目前只過了一週。」

花琳聳了聳肩。

「惡魔撤離王都迄今只過了七天，也有部分民眾還對惡魔的撤離懷著半信半疑的態度。而更重要的是，一旦住上了三十年之久，居民也會對人類特區產生親暱感。」

「啊，原來如此……」

凱伊並沒有「會對人類特區產生依戀感」的思維。

這與人類理所當然地居住在都市之中的正史不同。對別史世界的人類來說，所謂的據點，指的即是人類特區。

「既然烏爾札聯邦的惡魔並未全滅，人類就還得再等上一段時間才能於地表生活。那麼，貞德大人——」

花琳使了個眼色。

「開會的時間到了，請移駕會議室。」

「這我知道，我正是在移動的途中呢。」

指揮官貞德與花琳一同邁開步伐。

正當以為她要就此離去時，卻見貞德像是想到了什麼事似的轉過身子。

「凱伊，把傍晚的時間空給我，也叫鈴娜一起過來。」

「是要講遠征的事嗎？」

「是啊。這和遷移總部一樣，是我與花琳正在討論的議題，而我也想聽聽你們的意見啊。」

貞德領著兩名整合隊長和花琳，甩過了身子。

「……那我就去和鈴娜聊聊吧。」

凱伊再次搭乘電梯前往一樓。鈴娜應該會待在一樓等自己吧——他雖然這麼認為，但在電梯門打開時，眼前並沒有鈴娜的身影。

「奇怪？喂，鈴娜？」

他在政府宮殿的一樓大廳四處走動。

雖說隨處可見烏爾札人類反旗軍的傭兵身影，但為了遷移總部，他們正忙著搬運機器和行李，實在不是能找他們搭話聊天的狀態。

「該不會是等膩了，所以玩起捉迷藏了吧？要是在這麼大的建築物裡藏身，可是花上一整天也找不到人啊。欸，鈴娜，妳在哪裡啊！」

就算放聲呼喚，他也沒得到回應。

相較於平時只要喊她名字，她總是會在幾秒鐘內衝到自己身邊的反應，眼下的狀況確實讓凱伊感到有些詭異。

「如果只是找了個地方睡午覺就好。」

要和凱伊待在一起——

總是將這句話掛在嘴邊，黏在自己的鈴娜一旦不在身旁，就讓凱伊為之不安。

「鈴娜？喂，鈴娜？」

「——」

「什麼啊，原來妳在這裡。」

烏爾札政府宮殿一樓入口——在距離鋼鐵製大門外側一步遠的位置，少女就在那裡。

她的淡金色長髮隨風飄逸，正在眺望著烏爾札克王都的廢棄大樓群……至少就凱伊看來是如此。

「我聞到了空氣裡的味道。」

鈴娜以側臉對著凱伊，輕聲說道。

「欸，凱伊，我覺得空氣裡的味道有變。」

「嗯？妳是想來呼吸外面的空氣嗎？畢竟大樓裡的空氣挺不流通的啊。」

「不是喔。」

鈴娜伸手指向廢墟大樓——更後方的陰影處。

「我是指**惡魔的味道**。剛才那味道飄到大樓裡了，所以我才出來看看。」

「……妳說什麼？」

惡魔族撤離王都了。

在這幾天裡，烏爾札人類反旗軍的傭兵都有在都市裡巡邏啊。況且凱伊和鈴娜也有一同隨行，才確認過周遭一切安全而已。

……惡魔的味道？

……而且還近到連政府宮殿都聞得到？

這裡在七天前，原本還是冥帝凡妮沙的老巢。

能聯想到的動機便是報復。難道是冥帝的手下壓低聲息，準備拿下被人類搶走的政府宮殿？

「鈴娜，能確認惡魔的數量嗎？」

「雖然不清楚詳細的數字，但氣味沒有很濃，所以應該沒有很多吧。」

「所謂的『沒有很多』是？」

「大概是四隻或五隻左右，絕對還不到十隻。」

「那應該是偵察兵吧。」

人類特區——新維夏之所以會遭受大批惡魔襲擊，也是因為地下道入口先被雕像魔偵察兵發現的關係。

難道這次那些惡魔也一樣是偵察兵嗎？

「再怎麼說也不能置之不理啊。該怎麼辦，鈴娜，要找人類反旗軍的傭兵——」

「不用喔。」

她立刻給了回答。

雖然鈴娜答得斬釘截鐵，但這也在凱伊的預期之內。

「因為我很強呀，只要有我跟著凱伊，就沒什麼好怕的。」

「……知道了，我相信妳。」

身為混沌種的鈴娜，有著無庸置疑的強大實力。

她表示自己「還差一點才能打贏四種族的英雄」，但對於除此之外的所有對手幾乎都能占據優勢。

而凱伊在與冥帝凡妮沙死鬥時，也明白鈴娜說得是確有其事。

「凱伊，是在那邊的大樓一帶喔。」

「等等，要是沒先聯絡，我們之後可是會被貞德罵的。」

凱伊從懷裡取出了通訊機。

這並非凱伊在正史裡所隸屬的人類庇護廳的配發品，而是從烏爾札人類反旗軍借來的器具。

「阿修蘭。」

『……啊——是凱伊啊。突然叫我有什麼事？』

「你人在哪？」

『和上午一樣，還是待在政府宮殿（大樓）三樓的倉庫大掃除啊。因為整整三十年沒人用了，灰塵和霉斑都厚得恐怖。嗚哇，有隻好大的蜘蛛…………！』

接起通訊機的傭兵是阿修蘭・海羅爾。

在正史世界裡，這名青年是凱伊的同事。雖然這個世界的他遺忘了凱伊，但由於粗枝大葉的個性依舊，兩人沒花多少時間就混熟了起來。

『我這裡可是忙個半死，有什麼事的話就快點說吧？』

「借個二十秒就夠了。」

他對鈴娜使了個眼色。

「我在政府宮殿的七點鐘方向，發現了惡魔的偵察兵。」

『是喔，我知道了，那你加油…………啥？喂！等……你等一下！』

「要是我方派員太多的話會被察覺的，我先和鈴娜過去探探狀況。」

『喂喂喂喂喂喂喂！』

他關掉了通訊機的電源。

如此一來，阿修蘭那邊就無法聯絡他了。這是為了避免凱伊在接近惡魔群的途中發生通訊機作響的意外。

「是那棟上半部塌掉的大樓嗎？」

「嗯，在那棟建築物的後面。」

鈴娜在布滿裂痕的馬路上行進。

曾受過惡魔襲擊的馬路毀損得嚴重，不僅裂痕裡冒出了雜草，路上的窟窿還形成小型沼澤，棲息著從沒見過的蟲子。

這便是王都如今的樣貌。

只要是受惡魔支配的地表，想必都是這樣的光景吧。

……並不是只有這裡特別不同。

……被蠻神族、聖靈族和幻獸族奪去的都市，大概也是這種感覺吧。

與鈴娜並肩而行的同時。

凱伊從扛著的金屬收納箱取出了有著黑色塗裝的槍刀。

泛用型強襲槍刀「亞龍爪」。

這是以幻獸族之一的亞龍之爪作為外型參考設計的武器。人類庇護廳依據大戰的紀錄，開發出這種專門用來**對付其他種族**的武器。

「吶，凱伊，我可以張開翅膀了嗎？」

「再忍一下。還不曉得會不會被人類反旗軍的人看見啊。」

「法術也是？」

「是啊。即使找到惡魔，在狀況危急之前也要先避免動手。」

得先確認對方潛入王都的目的。

若是為了侵略，那就得向貞德報告，並讓烏爾札人類反旗軍做好抗戰的準備吧。

然而，就算做了這般設想，凱伊內心還是有著揮之不去的疑惑。

『你值得受朕一讚。』

『是朕輸了，這片烏爾札領土就送給你們吧。』

冥帝凡妮沙對凱伊這麼宣告過。

惡魔族英雄承認了敗北，並明確地宣布將自己的老巢——政府宮殿讓給人類。

明明都發生過這件事了。

難道剩下的惡魔打算反抗冥帝的命令嗎？

「我說鈴娜，我們昨天也巡過這一帶了吧？」

「嗯。昨天可沒有什麼惡魔的味道喔，因為是我調查的嘛。」

鈴娜愜意地跳過了瓦礫堆。那靈敏如貓的跳躍能力，應該是拜獸人——也就是幻獸族的腳力所賜吧。

兩人前往散發惡魔氣味的大樓正門前。

而抵達正門處的鈴娜驀地停步，環視起周遭的狀況。

「……味道不見了。」

「是風向的關係嗎？」

「不，不是的，氣味消失的感覺和風向無關……太奇怪了！」

鈴娜加快腳步，朝著大樓後方跑去。

她來到被大樓包圍的陰影地帶，仰望起眼前的大樓。

「————唔！」

下一秒，那對天魔之翼便從背上向外張開。

翅膀的根部是宛如烏鴉般的烏黑色，而前端則是純白色。少女將這對兼具天使與惡魔特徵的翅膀張了開來。

而凱伊則是比任何人都能明白她這麼做的用意。

那是迎戰姿勢——而且還是鈴娜認定必須使出全力時所展露的戰鬥型態。

「……好強的法力。不行，凱伊，別來這裡！是陷阱！」

「什麼？」

闇色光芒從地面的裂縫中竄起。

在宛如滂沱大雨的「唰唰」聲響起的同時，一座闇色的穹頂房籠罩了整座大樓。

這是結界。

在凱伊等人逃出結界範圍外之前，闇色穹頂房已經關住了他們。

「是惡魔的結界嗎！」

薄薄的外牆閃爍著闇色光芒。裡頭完全看不見外頭的景色，連陽光都透不進來，宛如只有這裡成了異空間一般。

「這種程度的結界——」

「鈴娜，停手！」

鈴娜在剎那間伸手，觸向結界的外緣。而就在她纖細的手指碰到結界的瞬間，形似電光的閃光隨即迸出，如長蛇般纏上了她的指甲。

強光閃爍。

鈴娜的指尖遭受燒灼，綻裂的傷口滴下鮮血。

「好痛……」

帶翼少女面容扭曲地抬起頭，仰望大樓的樓頂，朝愜意地待在該處的三道身影怒目相向。鈴娜用力地咬緊牙關。

「哎呀，好可怕的表情。但你們是不是該停止放肆啦？」

振翅聲傳了過來。

只見一名夢魔露出了行有餘力的微笑，從大樓樓頂緩緩降落。

就外表來看，她就像是個十五六歲的少女。

少女有著泛白的藍色頭髮和黃金色的眸子。雖然看似苗條，但身材卻是凹凸有致，不負夢魔的名號；而她身上穿的，則是一襲布料甚少，彷彿在展露那魔性肢體般的華麗禮服，耳朵上還別著耳環。

而惡魔原本沉穩的笑容，在轉瞬間變得激動起來。

「找到你了，人類！就是你……………打敗了凡妮沙姊姊大人的吧！」

夢魔全身上下刮起了黑色強風。

那是強烈的力之激流，有成人大小的水泥瓦礫在受到衝擊後炸成碎屑，而在夢魔落地的瞬間，路面的柏油登時迸出了一道道裂痕。

與此同時，凱伊的全身上下迸出了大量冷汗。

肌膚感受到了強烈的殺氣和法力。

……法力？

……這傢伙是怎麼回事，這股力量……非比尋常！

惡魔族英雄凡妮沙所釋放的壓力，不僅讓凱伊切身感受到死亡將至，就連鈴娜都不禁為之害怕。

而這名夢魔所釋放的壓力可謂旗鼓相當。

「人類，我要在此取下你的小命————！」

「世界座標之鑰！」

英雄希德之劍。

隨著凱伊的呼喚，亞龍爪在瞬間轉化為閃耀著莊嚴光輝的長劍。

原本漆成黑色的槍刀，幻化為通透的陽光色之劍。

這是擊敗冥帝凡妮沙的最後王牌。若不使出這把劍的話就必死無疑——凱伊遵循著直覺的判斷，毫不保留地召喚出英雄之劍。

「人類————！」

「來吧！」

「————**開玩笑的**。」

啪——夢魔將翅膀收合。

從妖豔肉體釋出的法力也逐漸平息下來，結界內側只花了不到幾秒時間，就恢復成原本的無風狀態。

「討厭啦——人類，別擺出那麼可怕的表情嘛。」

「……妳是什麼意思？」

「只是自我介紹一下罷了。」

夢魔噘起抹上黑色口紅的嘴唇，輕笑了一聲。

「我是夢魔海茵瑪莉露。既然耳聞凡妮沙姊姊大人被擊敗，當然會好奇那會是什麼樣的人類吧？」

「…………」

「你懂我在說什麼嗎？」

「……算是大致理解了。」

就是面對打倒了冥帝凡妮沙的人類，她還是毫不畏懼地現身並報上名號；而那股強大的法力，也同樣是足以推導出結論的線索之一。

「妳是惡魔族的第二把交椅？」

「就是這麼回事。人類好像大多稱呼我為『英雄級』來著，但我更喜歡『夢魔姬』這個名號。聽起來就很帥氣吧？」

英雄級。

夢魔方才所提及的詞彙，乃是人類用以評價其他種族的「危險係數」。一般來說，四種族若是活得愈久就擁有愈強的力量，也愈難以應付。

在以惡魔為對象時，這係數可以區分為四個等級。

十年級——指的是在廢墟徘徊的偵察兵。若是訓練有素的傭兵便能將之擊退。

百年級——調動整支傭兵部隊才能與之抗衡，但伴隨著相當高的死亡風險。

千年級——強大無比的存在。人類方就算不擇手段與之對決，也很有可能全軍覆沒。

英雄級——指的是冥帝凡妮沙，抑或是以其作為基準的個體，有被人類目擊到的僅有寥寥少數。

「啊，待在上面的那兩個也是喔。」

夢魔伸手指向佇立在大樓樓頂的兩道影子。

由於待在幽暗的結界裡，凱伊看得並不清楚，但隱約可以看出是兩道比海茵瑪莉露更為巨大的剪影。

……英雄級的惡魔。

……強度堪比冥帝的話，那就是不折不扣的怪物了。這麼強大的惡魔居然來了三隻之多？

「因為如今姊姊不在了，所以我們三個就代表惡魔來到了這裡，你可該為此感到光榮喔？所以說，那邊的混沌種啊。」

惡魔少女瞥了鈴娜一眼。

在凱伊與夢魔姬對峙的當下，鈴娜正張開天魔之翼，炯炯有神地瞪向大樓的樓頂。

「真是野蠻啊。妳也該理解一下對話的走向了吧？」

「……凱伊？」

鈴娜使了個眼色。

名為海茵瑪莉露的夢魔說是來「自我介紹」的，而她也收起了翅膀，感受不到有要開戰的意思。

「我知道了。既然沒打算鬧事，那就先聽聽妳的來意吧。」

他放下世界座標之鑰，將之倒插在地。

也許是察覺凱伊姑且沒有動手的意思吧，夢魔少女看似開心地點了點頭。

「我聽她叫你凱伊，那就是你的名字嗎？」

「沒錯。」

「那我就這麼稱呼你吧。我雖然對區區人類的名字不感興趣，但既然是打倒凡妮沙姊姊大人的人類，我就給你特別待遇吧。但大概一下子就會忘記了。」

她背後有一塊特別巨大的瓦礫。

夢魔將這塊唯一在方才的法力風暴中倖存下來的水泥塊當成座椅，在上頭坐了下來。

「那把劍有點奇特呢……是和法力不同的力量嗎？雖然我看不出那發光的力量種類為何，但怎麼看都不像是人類能造出來的呢。」

夢魔姬直盯著希德之劍瞧。

「這就是打敗姊姊大人的劍吧？」

「…………」

凱伊沉默以對。

看到他這樣的反應，強大的惡魔冷笑著聳了聳肩。

「不回答是正確的判斷。不過呢——」

她的聲調極為冰冷。從美豔唇間綻出的話語帶著足以讓人類徹底凍結的強大份量。

「可別得寸進尺了。雖說你們是仰賴一連串的奇蹟才得以打倒冥帝，但要是我們三個留在王都的話，你們就絕無勝算。」

在與冥帝戰鬥的期間，這三隻英雄級從未現身過。

那麼，他們究竟是待在何處——

「是烏爾札聯邦的國境嗎？」

「是呀。我們三個分別去監視蠻神族、幻獸族與聖靈族了。畢竟哪會有人覺得人類會去攻打王都呀？就算人類傾全力開戰，姊姊大人也沒有會輸的可能。所以在收到報告的時候，我著實吃了一驚呢。」

「就算把妳說的話都當真，那妳又有什麼目的？是要來幫冥帝報仇的？」

「啊哈哈，哪可能呀。」

惡魔放聲大笑。

她的身體和豐滿的胸部都笑得為之發顫。

「我雖然最喜歡姊姊大人，但在姊姊大人不在的這段期間，我就是惡魔族最強了。就這方面來說，我甚至還想感謝你呢。」

「……不在的期間？」

「我可沒有幫你詳細說明的義務。」

夢魔換了一條腿蹺腳。

雖然這讓原本就很裸露的大腿露得更加大方，但惡魔少女不僅沒有露出害羞的神色，反而還像是樂在其中。

「因為姊姊大人被擊敗了，所以王都就讓給你們。不過，可別以為這就代表我們已經全面潰敗嘍。」

可別太自以為是了，人類——那冰冷的語調中帶著這樣的弦外之音。

這並非投降宣言，而是警告。

奇襲所獲得的戰果，僅會被惡魔族認可這麼一次。若是打算故技重施，那三隻惡魔級英雄就會親自出馬，將人類消滅殆盡。

「待在國境的惡魔總數，可是遠遠凌駕於駐守王都的惡魔之上，你應該很清楚吧？」

「……這我知道。」

凱伊一直是這麼認定的。

正因為反過來利用了這一點，他才會執行奪回王都的作戰計畫。

『但我認為待在王都的惡魔並不會太多才是。』

『為什麼呢？』

『因為惡魔完全沒把人類放在眼裡啊。惡魔視為敵人的是剩下的三種族，換句話說就是支配大陸南方、東方和西方的聖靈族、蠻神族和幻獸族。』

就結果而言，凱伊的猜測是正確的。

然而，如此強大的惡魔仍有三隻之多，確實超乎了凱伊和烏爾札人類反旗軍的意料。

……這不是單純的虛張聲勢。

……這傢伙說的話是有所本的。

三十年前，王都連冥帝凡妮沙一人都擋不住，落得澈底潰敗的下場。

既然如此，那這三隻惡魔若是聯手出擊，那要在一夜之間掃蕩政府宮殿的人類反旗軍也絕非紙上談兵——這名夢魔之所以現身於此，恐怕就是在傳達這樣的暗示吧。

「妳的意思是，雖然願意把王都讓給人類，但絕不允許更進一步的讓步？」

「就是這麼回事。」

「我懂了。不過，妳誤會了一件事——我並不是這片土地的人類代表。人類反旗軍的代表另有其人。」

「對我來說無所謂呀。我是來和凱伊對話的，我對其他人類可沒興趣。」

「……既然如此，我會和那個代表知會一聲，妳應該不會反對吧？」

「好呀。就有勞你們積極討論了。」

夢魔少女看似愉悅地瞇細雙眼。

「啊，對了對了。這聽起來雖然像是在煽風點火，但我很期待你去找其他的三種族開戰喔，我甚至願意幫你加油呢。」

「妳是指蠻神族、幻獸族和聖靈族……？」

「反正你也打算這麼幹吧？人類雖然從地表奪回了這小小的王都，但你看起來絲毫沒有為此感到滿足呀。」

「妳的意思是能看穿我的心思？」

「我可是夢魔，看人類的眼光還是很不錯的——至少比人類厲害多了。」

都在我的掌握之中喔？

夢魔別有深意地拋了個媚眼。

「我喜歡強悍的人類，喜歡你在我面前仍不放鬆警戒的姿態。我從剛才就露骨地在誘惑你了，你就算稍微鬆懈一下也沒關係的。」

「冥帝也講過類似的話語啊。」

「這是我們夢魔的天性嘛。」

夢魔海茵瑪莉露從瓦礫上緩緩起身。

「惡魔在重振旗鼓之前會蟄伏起來，所以我們會互不干涉好一陣子。我們是不會主動出

擊的，所以你可以放心喔？」

「好一陣子是指多久？」

「依你而定喔。」

夢魔張開了翅膀。

藍髮受到強風吹拂，那嬌小的身軀隨之浮空。

「我所警戒的人類就只有你一個，我若是覺得你不足為懼，就沒必要顧慮下等人類的感受了。說不定會直接出手搶回王都呢。」

「……這是拐彎抹角的宣戰布告嗎？」

「是我珍藏的善意喲。我可是先把話都說清楚了，所以呢，那邊的混沌種，可不可以別再瞪我了呀？」

「我不要。」

鈴娜以充滿敵意的眼神瞪視夢魔。

她面對英雄級惡魔也依然熊熊燃燒的戰意固然可靠，但凱伊也暗自擔心，深怕鈴娜的態度惹得這名夢魔不快。

這就像是在提油救火。

要是在這個節骨眼上擦槍走火，難保不會引爆惡魔與人類之間的全面戰爭。

「我會守護凱伊，所以我就是要瞪妳。」

「還真是勇氣可嘉呢。妳明明就不是人類，居然這麼珍惜那個人類。」

她以喜孜孜的聲調說道。

高階惡魔飛上天空，以黃金色的眸子俯視兩人。

「凱伊，你被惡魔注目的程度遠超乎你的想像，所以和我做個約定吧——你可是打倒冥帝（姊姊大人）之人，所以可不能隨便死掉喔，這會有損冥帝的名聲呢。」

「這是當然。不過，我可不打算為惡魔而活。」

「哦？」

「我有我的目的，所以會為此苟延殘喘，就只是這麼一回事。」

讓他有這般想法的不是別人。

正是他向惡魔（凡妮沙）的英雄許下的決心。

『世界會被重新創造——希德將這樣的現象稱之為「世界輪迴」。』

『有人藉此竄改世界，把那傢伙找出來！』

……想慫恿我和剩下的三種族開戰？

……哪還要妳煽風點火，在找出元凶之前，我可沒打算停下腳步。

「海茵瑪莉露，我也有一件事想問妳。」

「看你問的是什麼嘍。」

「妳知道先知希德嗎？」

「那是誰呀？」

「……有聽過『世界輪迴』這個名詞嗎？」

「問題不是只有一個嗎？但我就特別為你回答吧——我沒聽過。」

夢魔的神情嚴肅。

就算不窺探神情，也能從語氣之中聽出她沒有說謊。

……就連心腹也不知情。

……看來知曉希德和世界輪迴的，就只有冥帝而已啊。

為何只有凡妮沙會憶起希德的存在？

不管再怎麼思考，也沒辦法立刻得出答案。畢竟最重要的當事人——冥帝，已經在名為「切除器官」的怪物攻擊下消滅殆盡了。

「我知道了。我為妳願意回答一事感到感激。」

「可以吻我一下當成回禮喔？」

「我拒絕。」

「真是無趣的男人。對人類來說，夢魔的吻可是最頂級的歡愉呢……算了，就留到我想用蠻力逼你就範的那天吧。」

惡魔少女飛向天空。

她張開翅膀，朝著大樓的樓頂升起。

「不過我挺中意你的，就給你一個建議吧。如果想打進蠻神族的領土，就多留意一下主天艾弗雷亞的動向。那傢伙最近的狀況不太對勁。」

「……不對勁是什麼意思？」

「要是能明白箇中緣由，我也不用如此費勁了。這也只是我在觀察領土邊界後得來的結論呀。」

夢魔聳了聳肩。

她拋出的第二下媚眼殘留在虛空中，豐滿的肉體則是朝著大樓的天花板消失而去。

「夢魔(我)喜歡強悍的人類，等你有那個興致的時候，就讓我們再見個面吧？」

然後——

在少女豔麗的話聲溶於虛空散去之際，包覆大樓的闇色結界也像是被扯下了線頭似的消失無蹤。

2

「這怎麼可能！這裡可是政府宮殿的眼皮底下啊，這裡居然出現了惡魔……？」

踩過瓦礫的腳步聲傳了過來。

在被大樓環繞的陰影處，烏爾札人類反旗軍的指揮官貞德，正一板一眼地環顧四下。

「我一直有讓部下在這一帶巡邏，無論是昨晚還是今早，應當都沒有察覺到一絲惡魔的痕跡才是。他們是在何時入侵，又是如何來到如此接近的地方……？」

「是在以牙還牙呢。」

女護衛花琳仰望起大樓的樓頂。

就在一小時前，有三隻之多的惡魔級英雄就聚集在該處。

「惡魔在得知我們對王都發起奇襲作戰時的心境，和我們現下的心境是一模一樣的。他們是懷著嘲諷的心態反將了我們一軍。」

「他們是在對我們挑釁，認為可以用同樣的手段進行報復嗎……不過你們兩個沒事，實在是太好了。」

在夢魔海茵瑪莉露撤退後——

凱伊向阿修蘭回報事情的經過，而過沒多久，貞德便領著全副武裝的部下趕了過來。

貞德似乎是一路慌慌張張地跑來的，她猛喘著氣，額頭上還浮現出一粒粒的汗珠。

「我聽說你們被關進惡魔的結界裡頭了？」

「是啊，就和我剛才回報過的一樣。」

凱伊回應著貞德，握緊了亞龍爪的劍柄。

……我這回實在是太魯莽了。

……聽到只有幾隻惡魔，就下意識認定那是偵察兵。

以「夢魔姬」自居的惡魔海茵瑪莉露——

她應該是惡魔英雄被擊敗後的接班人吧。從那名惡魔身上感受到的強烈壓力，幾乎能與冥帝比肩。

而待在樓頂上頭的兩隻惡魔，想必也是實力相近的怪物。

「聚集在此地的都是英雄級。在冥帝被打敗的現在，他們肯定是惡魔族裡的前三強吧。」

「對不起喔，凱伊。我要是再小心一點就好了……」

鈴娜靠在他的背上說道。

她似乎感到很過意不去，那微弱的音量彷彿要溶於微風之中。

「因為惡魔的氣味消失，我還以為他們逃走了，卻沒想到他們會設下結界……」

「這不是鈴娜的錯，這次是對方魔高一丈。」

光天化日之下大搖大擺地在人類的面前現身，設下膽大心細的陷阱。

這只能說是被對方從意識的死角捅了一刀。

……我在正史學到的是，惡魔乃是擅長用暴力擺平一切的種族。

……想不到他們也懂得使詐啊。

而更重要的是——

對凱伊來說，最嚴重的打擊並非來自於被趁虛而入一事。

「鈴娜。」

他對背後的少女說起悄悄話。

「說起來，妳認識那三隻惡魔嗎？我在正史裡從沒聽說過那樣的存在。」

「……沒有喔。在我與冥帝交手時也沒看過。」

沒錯。

在凱伊所記得的正史之中，那些強大無比的惡魔應該是不存在的，而鈴娜也表示她沒見過。

「那三隻說不定是在別史的世界裡變強的惡魔啊。」

「嗯，我也覺得是這樣。」

就像在別史（這邊）的世界裡，貞德成了聯邦的救世主一樣。

而惡魔族恐怕也是一樣，在歷經與其他種族數百年來的爭鬥後，冒出了比正史更為強大的個體吧。

「我們所贏得的勝利，或許比我們所認為得還要驚險許多啊。」

交抱雙臂的貞德，手中也握著出鞘的長劍前行。

她走在柏油龜裂的荒地上頭。

「留在王都的強敵就只有冥帝一人，而其他三人則是為了牽制其餘種族，而駐守在烏爾札聯邦的邊境……不過，凱伊，還有鈴娜——」

靈光騎士轉身問道：

「我向你們確認一下，惡魔的目的並非復仇，而只是打算與人類暫時進行休戰——是這樣對吧？」

「雖然會就此讓出王都，但別以為惡魔就此全面潰敗——她是這麼說的。」

「惡魔如今還躲在烏爾札聯邦的某處？」

「她確實是這樣講的。」

「……這可真教人頭痛。花琳，妳怎麼看？」

貞德瞥了護衛一眼，繼續說道：

「我們取回的據點僅有王都這一處，整個烏爾札聯邦還是處於被惡魔占領大半領地的狀態。雖說人類反旗軍的宿願是將其全數奪回……但惡魔顯然是先來警告，要我們不得輕舉妄動。」

「是的。他們看來不打算將王都以外的地區拱手讓人呢。」

「妳怎麼看？我們該接受他們的休戰提議嗎？我希望能聽妳以幹部的身分發言。等到回政府宮殿後，我也會向所有幹部和隊長級成員徵詢意見。」

「——『九年』。」

有烏爾札聯邦最強戰士美譽的女傭兵繼續開口：

「這是讓王都振興起來所需要的期間。若將人類反旗軍所需要的工廠和生產中心穩定運作的期間也納入考量，就還得多估上三年。這是專家所評估出來的時間，而且這已經將時程壓縮到極限了。」

「這是以王都不會受到侵略為前提所提出的評估對吧？」

「是的。雖然到現在才能回答您的問題，但我認為這是絕佳的好機會。既然對方願意收手，那我們也沒必要打草驚蛇。儘管未來終有交戰之日，但如今應當將全副心力投注在振興王都的作業上才是。」

「他們真的會信守承諾嗎……」

這便是貞德猶豫的理由。

惡魔前來交涉可是前所未聞之事，實在是不曉得是否該就此相信。

「有沒有可能是想讓我們輕忽大意所設的陷阱？」

「確實有這樣的可能性，不過，若是站在惡魔的角度思考，他們真有必要對人類如此勞心費力嗎？換作是我的話，會擔心的反而是想趁著惡魔族英雄凡妮沙落敗之際，揮兵進攻的蠻神族、幻獸族和聖靈族。」

「……問題就在於惡魔會不會如此甘心地藏身起來。」

貞德嘟囔道。

「凱伊，我還有件事想向你確認。那個叫夢魔姬的傢伙，已經預料到我們會離開烏爾札聯邦，前往其他國度的領地了？」

「是啊，而且她還很歡迎我們這麼做。」

「讓惡魔族以外的三種族與人類相互消耗，而惡魔則是在遠處隔岸觀火？這聽起來未免也對我們太有利了。」

靈光騎士露出苦笑。

「既然如此，那就能視作惡魔不會前來阻礙我們的遠征吧。」

「我也認為不需要擔這個心。」

凱伊對貞德頷首說道。

雖說惡魔方主動找上門交涉有些出乎意料，但這反而可以視為王都從此擺脫了惡魔反攻的威脅。

「從人類特區招募人才，持續振興作業，而我們則是趁著這段期間發起遠征，協助烏爾札聯邦以外的地區的人類反旗軍——是這樣沒錯吧？」

「正是如此。我也會將烏爾札人類反旗軍分成兩隊。」

貞德轉向身後。

貞德所率領的親衛隊就在不遠處待命。他們以凱伊的遭遇資料為依據，正在調查三隻惡魔曾待過的那棟大樓。

「目前在政府宮殿的十樓會議室裡，正由參謀和整合隊長級人士召開這方面的編制會議。」

「貞德，妳不用參加這場會議嗎？」

「傻瓜。」

貞德嘆了口氣。

「你以為是誰害我得拋下那場會議，一路狂奔過來的？」

「……是我不好。」

「知道錯就好。」

指揮官交抱雙臂回應。

在她身旁的護衛花琳看著這一幕，像是忍俊不禁似的輕笑出聲。平時總是板著一張臉的花琳居然會做出這種反應，實在是相當罕見。

「花琳。」

「是我失禮了，還請您繼續談論。」

「算了。關於部隊編制的事，大概在這幾天內就會大致決定配置的方式。我們會將兵力分為遠征部隊和防衛部隊，並讓遠征部隊盡快做好準備。」

靈光騎士貞德和花琳屬於遠征部隊。

而凱伊和鈴娜已經承諾會和他們同行了。

「那我們回政府宮殿吧。」

在對花琳使了個眼色後，貞德隨即轉過了身子。

「我會讓調查部隊輪班來這裡值勤，但想來應該是很難找到惡魔留下的痕跡了。」

像是那三隻惡魔所留下的足跡。

也不曉得惡魔族究竟去了烏爾札聯邦的何處。他們想來不會刻意留下那些能給予人類有利資訊的蛛絲馬跡。

「那我們也回去吧。」

凱伊對鈴娜使了個眼色，跟在貞德身後邁步。

3

在奪回王都後過了兩週。

烏爾札人類反旗軍將總部遷移至政府宮殿的作業，也漸入佳境——

「哇！好亮好亮！」

在大樓二樓的會議室裡，鈴娜仰望著大放光明的燈具。

「這裡原本明明烏漆抹黑的呢。」

「這就是最後一處還修得好的燈具了吧。因為電力寶貴，等測試完畢後又得關燈了。」

鈴娜支撐著梯子，而凱伊則是站在梯子上頭。

他拆下積載了三十年份塵埃的燈具，換上了新的一批。此外，他也進行著毀損的電纜更新作業。

「政府宮殿總算有個據點的樣子了。」

大樓裡的電器設備幾乎都維修完畢了。

雖說三十年前受惡魔攻打時，牆壁上留下了不少龜裂，而建築物本身也有老朽化的跡象，但作為傭兵的住宿設施已是十分合用。

「我們已經把能幫的事情做完了，接下來就是等著出發了。」

「什麼時候出發呀？」

鈴娜坐在會議室的大桌上頭。

雖然這舉止略欠禮儀，但根據鈴娜的說法，這樣似乎比坐在椅子上更讓她心安。

「我們是要去和剩下的三個英雄開戰對吧？」

「也許會走到那一步吧，但我們的目的不是要戰勝對方，而是找出讓這世界變得荒腔走板的始作俑者。」

凱伊決定挑戰其他種族英雄的理由。

正是來自於惡魔的英雄凡妮沙的囑咐。

『有人正在竄改世界。那是剩下三名英雄的其中一人！』

四英雄——

在凱伊所在的正史之中，他們是百年前的傳說級存在。在威脅人類生存的惡魔族、蠻神族、幻獸族和聖靈族之中，他們便是統領種族的最強個體。

惡魔族的英雄「冥帝凡妮沙」。

蠻神族的英雄「主天艾弗雷亞」。

幻獸族的英雄「牙皇拉蘇耶」。

聖靈族的英雄「靈元首．六元鏡光」。

這四人光是單槍匹馬，就擁有能毀滅一個國度的恐怖實力。那強大無比的力量，甚至被形容為天塌地陷或是災厄降世。

……鈴娜對冥帝之外的英雄不甚了解。

……而我也是仰賴著人類庇護廳的資料，所以還得更加小心行事才行。

除此之外。

他也該做好覺悟，去警戒那不屬於四種族的另一存在。

「**那個**到底是什麼東西？」

「……那個？」

「我指的是冥帝稱之為『切除器官』的那玩意兒。在鈴娜被囚禁的那個空間裡，那東西不也襲擊過我們嗎？」

在凱伊與冥帝交戰的途中，那個怪物突如其來地現身了。

『你這傢伙，原來如此……朕理解了……切除器官！』

那是散發著異常氛圍的存在。

其特徵便是宛如壞掉的人偶一般，全身各處都有缺損的少女外觀。她的頭部有兩枚翅膀，而身上各處則長著凱伊沒有見過的器官。

就連人類庇護廳也沒記載過那種怪物的資料。

……我還是頭一次見到如此噁心的怪物。

……會是只存在於這別史世界的種族嗎？真的有這種生物存在嗎？

冥帝凡妮沙之所以會遭到消滅，其主因也是受到切除器官的攻擊，而並非敗於凱伊的劍下。

她的全身遭到石化，最後則是化為漆黑的塵埃消失無蹤。

「我原本以為那是別史的新種族，然後向貞德詢問起這樣的可能性。」

「她肯定不曉得吧？」

「她給我的回覆是『那是什麼東西？』，既然連指揮官（貞德）都不知道的話，那問人類反旗軍的其他人也是白搭了。還是就讓我們兩個多留點心吧。」

「好！」

「……妳有幹勁固然是好事，但有必要這麼開心嗎？」

鈴娜精神抖擻地點了點頭。

明明是在談論險些殺害自己的怪物，她為何還能表現得如此快活？

「咦——因為呀。」

坐在長桌上的鈴娜晃起雙腿。

她的臉上浮現出滿滿的笑容。

「這是只屬於我和凱伊的祕密嘛，而且我的任務不就是幫助凱伊嗎？這讓我充滿了幹勁呢！」

「是……是這樣嗎？」

「包在我身上。一旦凱伊身陷危機的時候，我就會和敵人一起爆炸——」

「自爆嗎？不行，我說什麼都禁止妳那樣做！」

面帶笑容的她語出驚人。

而且她還不是在開玩笑。畢竟在與冥帝交手的時候，她是真的展現了同歸於盡的覺悟。這名少女有著言出必行的個性。

「在和冥帝交手時的那一次……算是我被攻其不備，所以確實是無話可說，不過，我希望妳以後再也不要這麼做了。拜託妳。」

「——」

「鈴娜願意捨身相救的心情，確實是讓我很開心。不過……我的性命和鈴娜的性命是不一樣的。我希望妳能把自己的性命看得和我一樣重要。」

少女沉默了下來。

但在下一瞬間，她便從長桌上一躍而下，走了過來。她來到幾乎要觸及彼此的距離，仰望凱伊。

「嘻嘻嘻——」

「妳這次又是為什麼笑啊……」

「所以我才喜歡凱伊。我就知道凱伊會這麼說呢。」

鈴娜露出了憨笑。對凱伊來說，這是再自然不過的反應，但就連如此理所當然的話語，似乎也讓她感到開心。

「————嘿！」

她一把抱了上來。

鈴娜將手環過凱伊的背，緊緊貼著身軀，絲毫沒有抽身的意思。而她還將頭部貼在凱伊的胸口磨蹭，看起來就像是小貓或小狗。

「嘻嘻嘻——」

「所以到底是怎樣啦？」

「我只是想這麼做，這樣讓我很安心。因為只有凱伊願意和我在一起呀。」

「……妳這樣貼著臉，不會呼吸困難嗎？」

「才不會難過呢。因為——」

在她話說到一半的時候。

兩人身後的會議室大門被人用力打開了。

「凱伊、鈴娜，你們在這裡啊！」

「呀啊！」

鈴娜發出了驚呼聲，整個人彈跳起來。

在會議室裡的兩人的觀望下，推門入室的是身穿騎士盔甲的司令官（貞德），而護衛花琳的身影也緊跟在她的身後。

「讓你們久等了，遠征的準備總算搞定了！」

甫一開口。

貞德那感慨萬千的話聲便響徹了會議室。

「遠征的目的地是大陸東側的『伊歐聯邦』。我們和尋求支援的伊歐人類反旗軍談妥了細節，五天後就出發！這一刻終於來了——我們要以這座王都為基石，向世界展開雙翼！這是為了烏爾札聯邦的人民，也是為了世界的人類…………嗯？你們兩個是怎麼了？」

「沒……沒事，我有在聽。對吧，鈴娜？」

「對……對呀！我都有認真聽！」

兩人慌慌張張地點頭回應。雖然對凱伊來說，鈴娜如此黏人的表現已經不是頭一次，但他實在是不希望被他人看到，產生不必要的誤解。

鈴娜之所以會彈起身子，單純是因為被突然闖進來的貞德嚇到吧。

「花琳，把那東西給他們。」

「遵命——這是遠征部隊的清單。我會讓兩位以護衛班的身分參與遠征。」

凱伊望向手中的薄紙。

「護衛班……？」

「也就是貞德大人的私人保鏢。此行得前往被其餘三種族所支配的地區，是一趟危險的遠征，所以我們在會議初期就決定要設置護衛班了。」

這不是理所當然的嗎？

雖然花琳的說法很是正確，但凱伊想問的其實是更進一步的細節：

「這清單上寫的只有三個名字，該不會是寫錯了吧？這裡寫的只有我、鈴娜和花琳啊。」

「這只是名義上的配置。」

女護衛依序看了凱伊和鈴娜。

「我依然專任貞德大人的護衛。雖說在緊急狀態下會需要你們出手，但這不代表我方會對你們下達命令。這樣安排應該可行吧，貞德大人？」

「是呀，因為他們是我的協助者嘛。」

友善的少女嗓聲傳了過來。

與凱伊同齡的少女——貞德·E·艾尼斯的嗓聲，從指揮官的嘴裡蹦了出來。

「貞德大人——」

「又沒關係，反正他們知道我的真實性別呀。」

「我要說的並非此事。要是被部下聽到貞德大人的對話，那可會引發軒然大波的。」

「我剛才已經把門鎖上了啦。」

即使聽到護衛苦口婆心地勸說，貞德也只是淘氣地送了個秋波。這樣的對話與其說像是一對主僕，其親暱的程度更像是家人一般。

「我先提醒你們，知道我是女人的人類反旗軍幹部，全都被劃在留守王都的防衛部隊裡，協助重建作業的進行。」

「是那些會和貞德一起開會的老人家嗎？」

「沒錯。他們原本是父親大人的部下，所以每個人都是彎腰駝背的年紀了。他們可沒有體力去應付舟車勞頓的遠征。」

男裝指揮官將手按在胸前，露出了憨憨的笑容。

她看起來像是有些害臊。

「在整個遠征班裡，知道我是女人的就只有這三人——也就是花琳、凱伊和鈴娜。特別是你喔，凱伊？」

「怎……怎樣啦？」

被直盯著瞧的凱伊不禁倒抽了一口氣。

她的眼神和正史世界的青梅竹馬如出一轍，但這個世界的她（貞德）卻不記得自己——即使對這點心知肚明，但被那樣的嗓音呼喚自己的名字，終究還是讓他感到有所動搖。

「知道我是女性的男人，就只有凱伊而已喔。你可別讓遠征班裡的其他人知道喲。」

「……原來是這點小事啊。」

他險些當場洩了氣。

說起來，決定要以「男性指揮官」的身份示人的正是貞德本人，她展露出來的覺悟也是非同小可，凱伊自然沒打算讓她的覺悟化為泡影。

「事到如今，這已經沒必要刻意提醒了吧。」

「正因為是很重要的事，才要再三叮嚀呀。聽進去了嗎？聽懂了嗎？」

「…………遵命，司令官。」

「答得很好。」

貞德一臉滿意地點了點頭。

不過，在場卻有一名少女露出了莫名不悅的態度。

「咦，鈴娜？」

「…………」

只見鈴娜鼓起臉頰，交抱雙臂。

在凱伊和貞德交談的過程中，她沉默得相當不自然。

「鈴娜，妳怎麼了？」

「狡猾。」

「咦？」

「只有貞咪一直在和凱伊聊天，太狡猾了！真是的，貞咪，妳不能這樣！凱伊要和我在一起，別把他搶走啦！」

「喂……喂？」

鈴娜二話不說地拽住凱伊的右手臂。

她的臉頰用力鼓起，像是能聽到她在內心大喊「凱伊是我的東西！」的話聲。接著，鈴娜伸手指向銀髮少女。

「不准妳靠近凱伊。貞咪肯定在打凱伊的主意！」

「妳是什麼意思啦？」

身穿盔甲的少女受到在場所有人的注視，臉上逐漸泛起了紅暈。

「我……我可是指揮官呀！說什麼都不能對部下產生私情！我得和他們保持距離，秉持公平公正的立場做出判斷……呃，那個……所以……」

「貞咪討厭凱伊嗎？」

「我才沒那麼說！呃，總之沒那回事！」

貞德的吶喊聲迴盪在會議室裡。

「傭兵該有的尊嚴，我還是有的……不……不過，我剛好也處於那樣的年紀，偶爾也會有不想扮什麼男裝，想當個普通女孩子的時候……」

「貞咪，妳果然——」

「那是誤會啦！花琳，妳也幫我說點話啦！」

「貞德大人在前往會議室（這裡）的時候，步伐顯得比平時輕快許多，還以相當開心的口吻表示：『凱伊應該就在這裡面吧？』——」

「妳在胡說什麼啦？」

「您不需害臊，適時表現出這類感情也是很重要的。畢竟前任大人也曾有交代，要我協

助端正貞德大人的五育。」

有著沙啞嗓聲的護衛憋著笑意。

「——這先姑且不提了。」

但她隨即展露出平時的銳利眼神。女護衛代替貞德開口：

「我們已經將來意交代完畢了。遠征於五天後出發，至於準備則由人類反旗軍一手包辦。」

「那我和鈴娜就……」

「你們得做足覺悟。」

女戰士以壓迫感十足的口吻宣告。

她這句話的氣勢之強，就連鈴娜也不禁抿緊了唇角。

「蠻神族與惡魔不同。你應該也知道吧？」

「……是啊。」

「他們比人類還來得更為膽小，比人類更為狡猾。陷阱、誘餌、奇襲都是他們的拿手好戲，而且還坐擁比人類的武器更為強大，更為詭譎的法具。」

如果對人類來說，惡魔族是所謂的「怪物」。

那對人類來說，蠻神族就是他們的「**進化版本**」。

接下來的戰役，想必會與在烏爾札聯邦所經歷的戰鬥完全不同吧。

「你們就在這五天內，把身心狀態調整到最佳狀況吧。」

前往世界之東

1

烏爾札聯邦．東部高山地區——

積雪殘留在山頂一帶。山道被白色山頭左右包夾，除了零星生長的雜草之外，此地便是一片荒蕪的沙地。

薄薄雲朵飄浮於蒼穹，在強風的吹拂下更是顯得平坦幾分。

「哈啾！」

「呀啊！欸，阿修蘭，你很髒耶！在車子裡打噴嚏的時候，至少也用手掩一下嘴巴嘛！」

「又沒辦法，我可是在開車，哪能把手從方向盤上抽開啊。」

阿修蘭的噴嚏灑在車子裡頭。

而坐在後座的莎琪隨即抱怨出聲。

「真是糟透了……男生在這方面就是神經大條。難道就不曉得噴嚏會把口水噴得到處都是嗎？」

「那妳是要我把手從方向盤上挪開嗎？」

「做不到的話就忍著別打噴嚏啊。」

「是是，又來這套。女人老是動不動就強詞奪理，真受不了。」

發出一聲長嘆的，是坐在駕駛座上的高挑青年。

他名為阿修蘭・海羅爾。

他今年十八歲，比凱伊大上一歲。雖說慵懶的面容和高挑的身材讓人印象深刻，但與其說他高頭大馬，「弱不禁風」的形容反而更為貼切。

雖說他在正史裡是凱伊的同事，但這個世界的阿修蘭當的是人類反旗軍的上等兵。

「我說凱伊，你也幫我說點話啊。」

「你要打噴嚏也無所謂，但麻煩你看著前方，以及慎重地行駛。」

坐在副駕駛座上的凱伊，看著以前同事打著方向盤的模樣這麼回答。

畢竟他在正史裡從沒見過阿修蘭開車的模樣。對於阿修蘭開車的姿態，凱伊只感受到滿滿的不協調。

……他原本老是暈車，每次都得帶暈車藥才能上車的。

……開車的差事總是交給我或是莎琪來辦啊。

但這個世界的阿修蘭克服了暈車的症狀。根據本人的說法，為了從惡魔支配的世界裡苟延殘喘，開車已經是人類必學的一門技術了。

「我還是對阿修蘭開車的樣子感到很不可思議啊。」

「嗄？你又在說那個喔？好像在你說的那個『原本待著的世界』裡，我是個暈車暈到開不了車的傢伙？」

「是啊。」

「哪可能會有那種白痴事啊，我不就跟你看到的一樣嗎？」

阿修蘭以熟練的手法打著方向盤。

他不僅與跑在前方的其他軍車保持著一定的距離，還能不當一回事地在路況極差的車道上恣意馳騁。其駕駛技術之高，甚至可能還在凱伊之上。

「總覺得好像被阿修蘭給比下去了啊。」

「對人類反旗軍來說，這還只能算基本功吧？就連莎琪也辦得到喔。」

「阿修蘭，你那個『就連莎琪』是什麼意思？人家要是拿出真本事的話，也能輕鬆地用超過一百公里的速度，在這種好跑到不行的山路上甩尾過彎喔！」

橘髮少女在後座大喊道。

這位少女名為莎琪．米斯柯提。

她和凱伊一樣是十七歲，有著難以梳理的天然捲，以及如貓兒般的一對大眼。嘴角隱約可見的犬齒為她可愛的面容錦上添花。

「哈啾！」

「欸，又來？真是有夠髒的……你到底是怎麼了，從剛才就一直打噴嚏耶？」

「就是因為冷的關係啊。這裡可是高山地帶耶？妳瞧瞧那邊的山頭，都已經到這個季節了，上頭居然還有積雪。」

阿修蘭指向正前方。

在蜿蜒蛇行的高速公路前方，能隱約看見藍色的山頭輪廓。那模糊的輪廓之所以看起來宛如和天色融為一體，便是因為距離這裡極其遙遠的關係吧。

拉達．克雷因高速公路。

這條公路直通伊歐聯邦的國境，其長度在這世上可是名列前茅。

……這裡是高山地帶，所以氣溫也低。

……若是再受寒幾個小時，恐怕在抵達伊歐聯邦之前，阿修蘭就要感冒了。

莎琪和阿修蘭也是遠征班的成員。

由於上次在奪回王都的作戰時一起行動過，是以他們此行也和凱伊編制在一起。

「阿修蘭，到下個休息處就換我駕駛吧，你還是休息一下比較好。」

「嗄？不不，我沒事啦。畢竟鈴娜小妹穿得這麼薄也沒喊苦過，我要是感冒的話還像話嗎？」

「……咦？」

在後座的莎琪身旁——

原本一直眺望窗外的金髮少女，在這時一臉困惑地轉過頭來。

「我嗎？」

「對呀，鈴娜小妹，妳衣服這麼薄，應該很冷吧？」

「不會喔，一點也不冷。」

鈴娜一臉正經地回答。

她身上穿的是精靈族的衣服。雖然質地輕薄，但因為鈴娜混有其他種族的血統，肉體極是強壯，也自然具備著抗寒的能力。

「話說回來，阿修？」

「哦？這是給我取的暱稱嗎？我好開心啊！」

「我忘記你的名字了。」

「我是阿修蘭．海羅爾啦，麻煩妳記起來喔。至於後面的莎琪不用記住也沒關係……啊！好痛！」

「少得寸進尺了。『鈴娜小妹』是什麼稱呼啦！」

莎琪從後座掐住了阿修蘭的頭髮。

「怎麼看都是圖謀不軌，所以男人就是這樣……」

「所謂的紳士，就是該用溫柔的態度對待可愛的女孩子啊。所以呢，鈴娜小妹，找我有事？」

「看著前面開車，聽凱伊的話。」

「遵命！」

被可愛少女如此命令的阿修蘭，用力抓緊了方向盤。

至於鈴娜則是再次望向窗外。

「吶，凱伊，好像完全沒有他們的氣息耶。」

「妳說惡魔嗎？」

「嗯。這裡不是已經離開王都了嗎？應該還是惡魔的領土吧？」

要察覺鈴娜的意圖並不困難。

畢竟凱伊自己也想著一模一樣的事。

三十輛軍車穿梭在高山地帶的隙縫間，跑在漫長的高速公路上頭。要是惡魔就在近處，肯定不會漏聽車輛行駛的噪音。

「我也在想同一件事，但這裡似乎不是惡魔的棲息地。」

他將手裡的地圖遞給鈴娜。

那是人類反旗軍所製作的資料，而拉達·克雷因高速公路在上頭則是被塗成了白色。那是空白地帶——亦即沒有任何種族棲息的意思。

「惡魔都是住在從人類手中奪走的都市裡對吧？這種山裡似乎沒有惡魔棲息……但也許會有哨兵駐守就是了。」

將鈴娜封印起來的「墳墓」也是如此。

那座遠離都市的荒地墳墓，甚至見不到任何一隻站哨的惡魔。

「但那邊的道路有迸出裂痕對吧？」

鈴娜指向車道的中央處。

在高速公路的中央幹道處，有著柏油龜裂，路面崩毀的痕跡。那毀損的狀況之嚴重，幾乎能與王都的大樓相提並論。

「那不是惡魔用法術弄壞的嗎？」

「人家覺得是魔獸幹的好事呢。喏，那邊的裂痕看起來就是被踩出來的對吧？」

回答的是莎琪。

「雖然沒有惡魔居住，但惡魔驅使的魔獸有可能把這裡當成了巢穴呢……說笑的。雖然只是隨口說說，但連我自己也害怕起來了。」

橘髮少女的身子顫抖。

「這一區又沒什麼獵物能吃，而人類可是開著車從空著肚子的魔獸面前駛過，這不就像是在歡迎他們襲擊我們嗎？鈴娜也看過吧？」

「妳是說大樓裡的魔獸嗎？」

「對呀，就是那個像是巨型犀牛的東西。」

魔獸賈巴沃克曾在政府宮殿裡徘徊行走。雖說牠隨著冥帝戰敗失去蹤影，但就算逃到了這一帶也是不足為奇。

……不過魔獸是擁有法力的。

……鈴娜應該能感應到牠們的蹤跡。

受到魔獸偷襲的機率並不高。

而且還有坐在三十輛軍車裡的傭兵在。他們會隨時監視四面八方，只要有人察覺異狀，就會立刻通知所有車輛。

「阿修蘭，你懂吧？一旦看到魔獸，就要把油門踩到底喔！」

「是是是，所以你們要快點找到目標……啊，還是別找到比較好吧。最理想的狀況，是在平安無事的情況下抵達國境啊。」

高速公路通往烏爾札國境的聯邦。

一行人在黎明時自王都烏爾札克出發，如今已行駛了十小時。據說還得再開上十個小時才能抵達國境。

這時——

『各位，我們已經抵達了高速公路的中點。』

座位上的通訊機傳來了指揮官貞德生氣勃勃的聲音。

順帶一提，貞德所搭乘的指揮官專用車是在三十輛車陣中的第十五輛。由於凱伊的車子是從前數來第十六輛，因此就位在他們的眼前。

她所搭乘的是王族專用車。

這是過去烏爾札聯邦的國王所搭乘過的特製車輛，就連惡魔的法術都能抵禦，是個足以用「移動避難所」來形容的裝甲車。

這輛車上載著指揮官貞德和她的護衛花琳。

『根據地圖，前方兩公里處有個能停車的休息地點。由於已有數十年間未有人類造訪，或許會是個雜草蔓生之地，但我們還是在那裡休息吧。』

「總算到了啊……」

握著方向盤的阿修蘭重重嘆了口氣。

「一口氣開了快十小時，我的肩膀都僵住了，背也好疼啊。」

「欸，阿修蘭，還不到放鬆的時候啦。」

「這我知道啦。這條公路視野這麼好，而且如果只差兩公里的話，應該已經映入視野之中了吧？」

這是一條能遠眺積雪連峰的高速公路。

在沿著蜿蜒的車道爬上山丘的同時——

「————」

隨著「喀噹」一聲，鈴娜驀地從座位上站起身子。由於身處車內，她沒辦法順利站直身子，只能弓著背站立。

「阿修，開窗。」

「咦？鈴娜小妹，怎麼啦？」

「快點。」

「遵……遵命！」

後座的車窗向下滑去。鈴娜沒把吹入車內的冷風當一回事，將臉探出了窗外。

「鈴娜？」

「————凱伊，上面！**從空中來了！**」

什麼東西來了？

凱伊沒詢問如此瑣碎的問題。因為他已從鈴娜的語氣中聽出沒有多少時間了。他立刻解開車頂的固定器，滑開了天窗。

「喂，凱伊？」

「阿修蘭，你繼續開。莎琪，準備用槍。」

「咦？等……等等，凱伊？」

他從開啟的車頂仰望天空。

被少許扁平雲朵覆蓋的天際，出現了一顆小小的黑點。宛如在湛藍色畫布上滴落墨水所

形成的黑點，映入了凱伊仰望的視野之中。

……那顆黑點是怎麼回事？

……那東西在移動，正朝著我們接近？

黑點與太陽的位置交疊。

過沒幾秒，那顆黑點便化為張開巨大翅膀的威猛怪物。那與惡魔族一樣，是理應在正史裡被封印在墳墓之中的幻獸——

「是龍？」

「那是疾龍！」

莎琪的尖叫從後座傳了過來。

那是整體呈灰色，身上各處混著宛如青苔般暗色的翼龍。這種生物專精於飛行，前腳大幅退化，短到幾乎看不見的程度。

「……這傢伙就是疾龍啊。」

巨大的怪物在頭頂上方滑翔著。

即使僅是從高空掠過，依舊有強烈的風壓打在臉頰上。那是被稱為天空之王的幻獸族。

但那飛行速度也快得太離譜了吧？

「這是怎麼回事？這裡可是惡魔的領土，為什麼幻獸族會跑來這裡？」

「警告所有車輛！有龍，在上空出現了！」

凱伊對著通訊機嘶聲大吼。

『所有車輛，用最快的速度前進！』

貞德怒吼道。

原本放低音量跑動的車輪拉高轉數，在揚起大量沙塵的同時，於高速公路上猛力行進。

——絕對不能停下來。

若是人在車上的話就要將油門踩到底，若是徒步移動的話就得盡全力奔跑。

這是與會飛的龍類對峙時絕對要遵守的守則。畢竟龍的爪子能簡簡單單地戳穿軍車的裝甲，還能輕而易舉地攫住車身。

一旦停下動作，就會遭到對方從上空狙擊。

『開火！』

槍聲在四下不斷迴盪。

傭兵從天窗上開槍射擊。但不僅是突擊步槍，就連機關槍都無法對這威猛的巨獸造成傷害。

龍族的鱗片就宛如一層鋼鐵打造的盔甲。

……和人類庇護廳的紀錄一致。

……在對上幻獸族的時候，人類唯一沒辦法有效應付的，就只有龍族而已。

火器在對付龍族時實在是太過不利。若要將之擊殺，就得出動大型的榴彈砲，但這種軍車並沒有設置這類大型砲臺。

『第三十車、第二十九車？』

貞德的尖叫聲傳了過來。

三十輛軍車以最高速度在路面上奔馳。凱伊回頭看去，只見在最後方的兩臺軍車發出了轟然巨響，**翻上了半空**。

——若是目標持續移動，那就讓對方停下。

疾龍撞上了跑在最尾端的兩輛軍車。

那巨大的身軀所帶來的強大動能從側面擊中了軍車，讓兩輛車子宛如小石頭一般，在高速公路的車道上翻轉彈跳。

兩車橫倒下來，在地上急煞而止。車門扭曲變形，引擎所在的位置則是冒出白煙。

『第三十車、第二十九車！快回答！』

指揮官下達命令，但兩輛軍車並沒有回應。

甚至沒看到傭兵打開扭曲的車門避難的身影。

「那個怪物是怎麼回事啦？」

在天窗上舉槍瞄準的莎琪，以近乎尖叫的音量大喊。

……這就是龍族。

……就是放眼整個幻獸族，其強度也是高階種。

雖說沒有惡魔族那般強大的法力，但卻會仗著無比驚人的蠻力和耐力與對手硬碰硬，並將之粉碎。這是極為單純，同時也極為難纏的怪物。

「莎琪，拿榴彈槍出來！」

阿修蘭在駕駛座上喊道。

「步槍對那種大傢伙無效，用大顆一點的子彈打穿牠的翅膀！」

「我是有帶上車，可是槍放在後面的貨臺上耶。阿修蘭，把車停——」

「莎琪，讓開。」

只見金髮少女躍出了天窗。

龍族振翅所引發的旋風狂吹著鈴娜的頭髮和衣服，而她則是一鼓作氣地跳到了車子後方的貨架上。

「鈴娜？」

「凱伊——」

鈴娜回過頭，露出了深藏不露的笑容。

異族少女的纖細指尖，指向了飛在空中的疾龍。

「『開槍』。」

「……交給我吧。」

凱伊舉起亞龍爪瞄準疾龍，將手放上扳機。

「降雷彈。」

在凱伊發出宣言的同一時間，亞龍爪周遭的空氣激烈地震盪起來。

大地電流乍現。如標槍般的數十道雷擊自地面射出，扎向了正要對其他車輛出手的疾龍全身。

「————嘎！」

龍發出了咆哮。

自豪的翅膀遭受雷擊灼傷，在空中飛舞的巨獸墜向地面。

——那其實是鈴娜的法術。

所謂的降雷彈其實並不存在。剛才的雷擊，是鈴娜配合凱伊的宣言所施放的法術。若是仔細一看，就能發現凱伊其實並沒有扣下扳機，但在這場混亂之中，所有人的目光都集中在疾龍上頭，想必不會有人去刻意注視凱伊的指尖吧。

……哦，不對，應該還是有一個。

……知道我剛才並沒有擊發子彈的，確有其人。

擁有「龍戰士」渾號的花琳——那位負責護衛貞德的女戰士，應該也在另一輛車上注視著這幅光景吧。

「牠昏過去了嗎？」

「沒有喔，那樣的雷擊還不足以打倒牠。」

鈴娜低聲說道。

聽得到她說話的，就只有從天窗探出身子的凱伊而已。

「若是使出足以撂倒那個尺寸的威力，會把車輛也捲進去的。所以頂多就只能打跑牠而已。」

「貞德，讓所有的車輛停下！」

凱伊對著通訊機喊道。

「從墜地的疾龍身邊離開，不准開火！只要我方不出手刺激，牠帶著那麼重的傷勢，肯定會掉頭逃跑的！」

『——各位都聽到了吧。全軍停車，在原地待命！嚴禁開火！』

二十八輛軍車緊急煞車。

在傭兵屏氣凝神的注視下，疾龍從地上爬起。

「————」

牠充血的眼球先是凝視凱伊，接著掃向鈴娜。

雙方互瞪了數秒。

站在貨架上的鈴娜，以及舉著亞龍爪的凱伊——面對這兩人的幻獸族野獸，緩緩地拍打起翅膀。

牠揮動被電擊灼傷的翅膀向上浮起。

接著，疾龍再次朝向太陽所在的方位消失了。

2

——夜幕落下。

天空逐漸被染上一層薄墨色。

在距離與疾龍衝突處有一小段距離的高速公路上，設置了十五座大型營帳。這些帳篷的棚頂都設置了夜燈。

「第一班就寢四小時，第二班繼續檢查設備，第三班則繼續警戒周遭狀況。完畢！」

統合隊長的指令響徹營帳前方。

傭兵們隨即各自散開，有些人前去營帳小憩，有些人前去檢查車輛的輪胎狀況，也看得見扛著機關槍四處巡邏的哨兵。

「吶吶，凱伊？我已經很睏了耶……」

鈴娜揉著眼睛，拉著凱伊的衣角。

「我們去那邊的帳篷睡覺不就可以了嗎？」

「是這麼說沒錯。畢竟我們並非傭兵，若是混在其他的班裡，也只會打亂他們的步調……但就只有我們兩個能睡上一整晚，感覺還是有些過意不去呀。」

就當成是趕跑疾龍的功績吧——

凱伊這麼說服自己，走向架設在後方的營帳。

被防風布包覆的軍用穹頂型帳篷可供十人使用，體格若如鈴娜那般嬌小，甚至能容納十二三人在裡頭躺下。

「順帶一提，他們也有設置女兵專用的帳篷……」

「我不要。」

「我想也是。」

在政府宮殿的客房時也是如此。

雖說為了顧及其他傭兵的眼光，他事先為鈴娜申請了另一間客房，但每到晚上的就寢時間，鈴娜總是會跑來他的房間。

但說起來，對於鈴娜來說，周遭的人類全都是不同的種族。

會覺得不在凱伊的身旁就無法安心睡覺，也是理所當然的。

「咦，原來如此。這座帳篷似乎只有我們兩個使用啊。」

他拉開帳篷的入口，窺探裡頭的狀況。除了事先就搬入帳篷的兩人行李之外，就看不到其他傭兵的隨身物品了。

「這麼大的帳篷居然由我們兩個使用，罪惡感愈來愈強烈了啊。」

「貞咪要來了喔。」

「這樣啊，貞德要來嗎？如果是指揮官的營帳就能接受……鈴娜，妳剛才說什麼？」

「這原本就是我專用的帳篷啊。」

盔甲刮擦金屬的「鏘鏘」聲響傳了過來。

從後方走近，站到凱伊身旁的正是銀髮指揮官。而護衛花琳也待在她的身後。

「這是貞德的帳篷？」

「沒錯。真抱歉，沒辦法準備給你們倆使用的帳篷。畢竟遠征所要準備的物資實在太多，而能放上車的總重量也有極限。」

「……呃，我不是那個意思。」

「凱伊。」

少女口吻的嗓聲傳來——

盔甲騎士輕聲附耳說道：

「我要是和花琳一起睡的話，會很啟人疑竇對吧？男性指揮官和女護衛睡在一座帳篷裡，可是會在士兵堆裡滋生出空穴來風的謠言呢。」

「……所以呢？」

「如果想避免的話，最佳方案是和男性士兵共用一座帳篷嘛。但要是和男性傭兵度過一晚的話，我的性別肯定是瞞不住的吧？如果不是凱伊的話可就不行了，幫幫我嘛。」

「原……原來如此。」

在人類反旗軍的基地，貞德是有個人房的。

當時的貞德要掩飾自己的少女身分並不困難，但在遠征期間，隱藏性別就成了一大難題。

「——凱伊，我也有一件事要說。」

「嗯？找我？」

花琳站在離帳篷入口一步之遠的地方對他招了招手。

這名女戰士難得會對貞德以外的人物直呼其名。

「我會在這座營帳外頭看守，不會讓其他的男人隨意接近。」

「我知道了。要換班嗎？」

「只是一晚不睡的話，還不至於會讓我感到難受。重要的是貞德大人。我想你應該也知道，在就寢期間，她必須卸下身上的盔甲。」

「這還滿理所當然的啊。」

「這代表的是，貞德大人會以身穿薄衣的模樣出現在你的面前。那可是衣不蔽體的身姿啊。」

「…………」

「可別動歪腦筋啊。要是半夜裡聽見貞德大人的慘叫聲，那我——」

「我才不會動啦！」

「這我知道。但身為護衛還是該叮囑一聲。」

花琳吊起嘴角，露出一抹壞笑。

「貞德大人就有勞你關照了。」

「……我知道啦。鈴娜、貞德，我進去了。」

他拉開帳篷入口，窺探裡頭的狀況。

油燈照出了兩名少女的纖瘦身軀。鈴娜換上了喜愛的睡衣，貞德也卸下盔甲，穿上了男用的睡衣睡褲。

「啊，原來如此，花琳之所以叫住我，是為了換衣服（這個）的時間啊。」

「花琳她怎麼啦？」

貞德還在將頭髮綁成馬尾。

雖說和同齡少女相比，貞德的個子已經算是偏高了，但在脫下盔甲後，她的身材看起來就顯得削瘦而纖弱。而男用的睡衣褲套在她身上未免過於寬鬆，幾乎發揮不了變裝的效果。

「花琳說了什麼嗎？」

「不，沒事。她的事已經搞定了。」

他關上帳篷的入口。

如此一來，就不用擔心會被外頭的人看見貞德的模樣了。

「啊——輕便衣服穿起來好幸福呀。我一整天都穿著盔甲，還必須待在車裡發呆。因為實在太難熬了，我到後來都渾身不對勁了呢。」

「要扮成男人是一件苦差事啊。」

「是呀。你要不要也試著扮成女生看看？光是想像一下就覺得很辛苦吧？」

貞德嘻嘻一笑，仰躺在帳篷的地墊上頭伸展手腳。

接著她翻身躺臥，做起深呼吸。

「貞咪，妳在幹麼？」

「我在放鬆僵硬的部位。鈴娜，如果妳不介意的話，可以用手指按我的背嗎？要是能幫我按摩脊椎一帶的話，我會很開心的。」

「……？像這樣？」

鈴娜在躺平的貞德身旁蹲下身子，依照指示用手指為她按壓背部。

「對對，再用力一點……嗯……好……好像有點太大力了？……啊，對對。這樣不錯。麻煩妳用一樣的力道按肩膀嘍。」

「這樣會很舒服嗎？」

「會呀。等下換我幫妳按吧。」

貞德一臉幸福地躺在地上。

凱伊則是遠望著兩名少女的溫馨互動——

「貞德，妳躺著沒關係，我有點事要問妳。」

「嗯？」

「關於白天出現的那隻疾龍——」

「翻覆的兩輛車裡的部下只是受了點挫傷，性命並無大礙。他們目前在醫療班的帳篷裡接受治療，但車子迫於無奈，只能棄置在這裡了。畢竟引擎整個被壓扁了呀。」

「這我已經從阿修蘭那邊打聽到了。」

在遠征的過程中。

會在抵達國境之前出現近十名之多的傷患，可以說是出乎意料之外。若是順利的話，此行原本會在日落前抵達國境，並在該處野營才是。

「我沒想過會在這烏爾札聯邦遇到惡魔之外的其他種族。由於我一直在警戒在地面上活動的魔獸，所以才會沒料到會有來自空中的奇襲。」

「……我也是頭一次遇到這種狀況。誰曉得會有幻獸族跑進烏爾札聯邦的領土呀。」

在接受鈴娜的指壓按摩的同時。

躺在地墊上的銀髮少女僵住了表情。

「我聽說幻獸族並不是一個很受控管的種族。雖說他們支配了西側的聯邦，但卻分成了好幾個族群各自為政。那頭龍也許就是和族群走散的個體吧？」

「但會跨越國境而來這點，還是有些不正常。」

夢魔族(凡妮沙)英雄為了守護烏爾札聯邦的領土，將心腹配置在國境線上。

那是以夢魔姬海茵瑪莉露為首的三隻「英雄級」。

……如今，那三隻英雄級惡魔也從國境線撤退了。

……而疾龍則是隨之越過了國境。這會是偶然嗎？

凱伊認為這兩件事的發生時間未免太過巧合。

「說不定，幻獸族已經得知惡魔族英雄戰敗的消息了？那頭疾龍也可能是為了確認此事而派遣過來的偵察兵啊。」

「…………」

貞德沉默不語。

原本按著她背部的鈴娜也停下動作，直直地盯著凱伊看。

「好希望這種猜測落空啊。明明才剛奪回一座王都而已，要是又遭受幻獸族的襲擊，那可真是吃不消呢。」

「要折回王都嗎？」

「不。」

她的回應相當迅速。

「守護王都的防衛部隊已經整頓得相當完善了，政府宮殿周遭甚至還設好了大型榴彈砲嘍。就算那隻疾龍來犯，我們也不會乖乖任其宰割。除非幻獸族英雄親自出馬，不然……」

呼──

貞德輕輕吁了口氣，翻了個身。

仰躺的她望著帳篷的棚頂。

「這個話題就聊到這裡吧。要是讓不安增長下去的話可是會累昏頭的。」

「也好。」

「還有，凱伊，我最後要告訴你一件非常重要的事。」

銀髮少女橫躺在地──

像是感到害臊似的別開目光。

「我的睡相還滿差的，要是在半夜時把你踢飛的話，就先說聲抱歉啦。」

「……妳還沒治好這毛病啊？」

這是正史的貞德一直到十二歲都沒治好的壞習慣。

在外出露營的時候，凱伊一整晚都被睡昏頭的她猛踹，背上甚至留下了淤青，是一段苦澀的回憶。

「至於睡覺時的位置安排……要是把我排在中間就危險了呢。所以就讓凱伊睡中間，鈴娜在右，我在左邊。如此一來，就算我踢人了，也只會踢到凱伊而已。」

「結果是以妳會踹人為前提嗎？饒了我吧。」

凱伊嘆了口疲憊的氣，在帳篷的地墊上坐了下來。

3

拉達·克雷因高速公路。

刺眼的陽光從黑暗的山嶺上頭照下。此時正從前方灑下的太陽光線，讓人忍不住想閉上眼皮。

「嗚哦？好難受！這下亮得沒辦法看到前面啦！」

一如預期，坐在駕駛座上握著方向盤的阿修蘭發出了慘叫。

「喂，莎琪，我的墨鏡放哪裡去了？」

「不就插在你胸前的口袋裡嗎？」

「哦，是這樣沒錯……呼，這下好多了。都怪在地底下生活久了，我都忘了朝陽有這麼刺眼啊。」

戴上墨鏡的阿修蘭轉頭看向後座。

「怎麼樣，鈴娜小妹，我戴墨鏡的樣子很帥吧？」

「……討厭。看起來像個可疑人物。」

「嗚！這……這樣啊，這代表我還是平時的模樣最有魅力啊。妳這坦率的個性也很可愛喔。對了，凱伊。」

青年這回將目光轉向副駕駛座。

「你為什麼一大早就累得半死的樣子啊？一點活力都沒有啊。」

「……我一夜沒睡，應該說我被折騰得很累了。」

「你昨天不是一直在帳篷裡睡覺嗎？別以為我不曉得，你因為被編入護衛班，所以是和貞德大人一起睡的吧？那帳篷可是好大一頂啊。」

阿修蘭的睡眠時間就只有短短的四小時，之後就忙著去執行夜間巡邏和檢查設備等工作，從他的角度來看，能好好睡上一整晚的凱伊著實是令人稱羨。

「我和鈴娜可是護衛班的成員，要是護衛睡著的話，不就沒辦法執行勤務了嗎？」

「這麼說也是啦。所以你整晚沒睡，都在保持警戒？」

「……嗯。就當作是這樣吧。」

後半句話是只有凱伊聽得見的自言自語。

和兩名美少女待在同一座帳篷，況且還是在陪伴左右的狀態下一同就寢——這樣的情境雖然聽起來或許會讓人羨慕，但對凱伊來說就只是一連串的災難。

……首先是鈴娜整個人都黏上來了。

……再來就是貞德的睡相真的是糟糕到有剩。

睡迷糊的鈴娜，甚至將凱伊的右手臂當成了枕頭。由於鈴娜睡得很沉，凱伊也不敢輕舉妄動；而後來她又一個翻身，將身子貼得離自己更緊，而她每動一次，那柔軟的肌膚就會貼上凱伊的身體。

要凱伊不去理會實在是太困難了。

「而且貞德也……」

「嗯？」

「不，沒事。」

關於貞德的睡相之可怕，還是就此封存在自己的記憶之中就好。

說不定會在翻身的時候踢飛你——

貞德本人雖然是這麼說的，但實際上她的睡姿可說是相當乖順。也許是太過疲憊的關係，她很快就發出了鼾息，似乎會就此好眠到天明……但事實證明，凱伊的想法實在太天真了。

沒想到就連貞德也一把抱住了凱伊的左手臂，還用力緊抱在自己的胸前，在凱伊的面前露出了極為妖豔的睡相。

雖然她身材纖細，但凱伊還是感受到了有所成長的胸部觸感。

不僅如此，貞德還不時會貌似開心地說些「呵呵，凱伊……你在做什麼呀，那樣會癢啦……」一類的夢話，而這些光景也封在凱伊的記憶裡嚴重加密了。

右手臂被當成鈴娜的枕頭。

左手臂則是被貞德緊緊抱住。

感受著兩名少女的輕柔吐息，聆聽著偶爾傳來的奇妙夢話，再加上肌膚與肌膚的緊密接觸——這下子當然是睡不著了。

「……我可是緊張個半死啊。」

「哦。那可真辛苦啊。看來護衛班也是片刻不得閒啊。」

阿修蘭嚼著提神醒腦的口香糖說道。

「總之，你就先睡一會吧。通往國境的車道看起來還算平整，只要別再撞上像疾龍那樣的不速之客，應該就不會出問題吧。」

二十八輛軍車跑在高速公路上頭。

一行人記取了昨天的教訓，每隔一輛車就將天窗打開，監視上空的狀況。

「吶，凱伊，那是什麼？」

從後座探出身子的鈴娜，指向連峰之間的縫隙。

車隊這時正繞行到山的背側，只見宛如古老城牆一般的長條狀人造物映入了眼簾。

「那是國境呢。」

莎琪拿著地圖說道：

「鈴娜所指的，應該就是劃出國境線的長城吧。那原本是在很久以前為了防止其他種族

侵略所搭建的石牆，後來似乎就這麼被當成了國境呢。」

城牆看似是由磚瓦砌成的。

未施裝飾的石牆沿著山坡搭建，形成一條長蛇。

「原來還有這種東西啊。」

「咦？真難得，凱伊，原來也有你不曉得的東西呀？」

「……在我的世界裡，那玩意兒已經不復存在了。」

因為正史的世界已經將之拆除了。

在將四種族封印在墳墓的世界裡，城牆已是不必要的產物。

雖說也有聲浪認為應將其視為文化遺產保存下來，但最後還是基於妨礙與其他國家往來的理由進行拆除。

「所以我也是第一次見到啊。」

「就第一次見到這點來說，人家也是一樣呀。是說，這也不是那種看了會心情變好的建築物呢。你看那一邊，牆面都變得破爛不堪了。」

從車窗探出頭來的莎琪瞇細眼睛。

牆上開了許多大洞。那是被強大無比的力量刨出來的洞孔。能看出原本外形的牆面已經算是狀況優異了，有些地方甚至被摧毀得灰飛煙滅，連一點碎屑都看不見。

「看來不是自然塌毀的呢……」

「應該是惡魔，或是天使或精靈所幹的吧。喂，莎琪，要好好偵察啊。接下來就要踏入蠻神族的領土啦。」

伊歐聯邦。

只要穿過橫跨好幾座山頭的長城，就要踏入蠻神族的支配地區了。

法力之強能與惡魔比肩的天使族。

同樣擁有強大法力，還擁有將法力注入法具技術的精靈族與矮人族。

能干涉疾風和水氣等自然現象的妖精族。

這四種族構成的聯邦，便是所謂的蠻神族。

『各位，我們即將越過國境。這座石牆的另一側便是伊歐聯邦。』

指揮官的聲音自通訊機響徹四下。

這有力的說話聲，想必傳遍了總數有二十八輛之多的車隊吧。

『我們的目的地，乃是位於伊歐聯邦王都郊外的第八都市卡西歐沛亞。目前伊歐人類反旗軍的總部便設置在該處。』

車隊駛下了被陽光照耀的斜坡。

國境門宛如一座小小的城池，莊嚴地矗立在眼前。前方的軍車穿過了屋頂塌陷，牆面千瘡百孔的城門。

『正如各位所知，蠻神族以廣袤的森林作為據點。為了避免在與伊歐人類反旗軍會合前

爆發衝突，我們將繞過危險地帶前進。』

「——貞德大人是這麼說的呢。阿修蘭，你會聽話吧？」

「只要跟著前面的車輛跑就行了吧。哪有什麼問題。」

阿修蘭又嚼起一粒口香糖說道。

雖然他回答得愜意，但坐在副駕駛座上的凱伊，看得出他的表情變得僵硬許多。

『蠻神族是很狡猾的——比人類更為狡猾。』

像是在代替阿修蘭說出心聲似的。

貞德的聲音也反映出面對未知體驗所產生的緊張感，顯得略微生硬。

『妖精擁有操控風向的法術，能從極遠的地方探聽我們的聲音。我們越過國境的行動想必已經被探知到了。而精靈法具的射程之長，威力之強，都是我們的武器所望塵莫及的。』

遠征部隊的車隊隨時都有被狙擊的危險。

阿修蘭之所以會顯露出緊張和警戒的神情，正是因為他正確地認知到了這方面的危險性。

『謹慎前行吧。我們的下一個對手，是不能單憑著勇氣對抗，而是得冷靜面對的強敵。』

人類的全面進化版——

向素有這般稱呼的蠻神族的挑戰就此展開。

1

世界大陸東部——

其地上的三分之一為山岳地帶，而其餘的平地地區推測多為森林地帶。

會用「推測」兩字的理由極其單純。

因為該地區全都是人類從未涉足過的「祕境」——也就是尚未探勘過的領域。

以世上面積最大的榭魯．米里樹海為例，人類調查完的部分只占了總面積不到百分之二十的區域。也有研究報告指出，樹海裡還有數十萬種尚未被人類發現的野獸、昆蟲和植物。

然後——

這廣闊的樹海正是蠻神族所掌握的領土。

「天使在雲朵上方建築宮殿，妖精在美麗的湖邊搭造村落，矮人和精靈則是以原始森林作為住處……聽說是這麼一回事啦。」

阿修蘭像是忽然想到似的這麼說道。

他所駕駛的軍車開進了低矮樓房林立的廢墟。由於地面處處是瓦礫，他必須放慢速度行駛，以免傷到輪胎。

「就實際情報來說，蠻神族（那些傢伙）似乎並不喜歡人類的都市。他們和惡魔族不同，並不會住在人類的樓房裡頭。」

「我聽說哨兵也不多……希望傳聞屬實呢。」

後座的莎琪從天窗探出上半身，手裡緊握著機關槍。

「要是遇上的話就得先下手為強了。畢竟不像惡魔，槍枝對他們更為有效呢。」

「莎琪，開槍前最好先做一次呼吸。」

為了讓使勁握槍的她放鬆下來，凝視著擋風玻璃前方的凱伊開口說道：

「要是誤把人類看成蠻神族開槍的話，那可不是開玩笑的。」

「……嗚。」

「我雖然也還沒看過貨真價實的蠻神族，但他們和人類的外觀應該很像吧？」

「啊──嗯，說不定很像喔。」

在莎琪身旁的鈴娜應和道：

「由於味道完全不一樣，加上蠻神族擁有法力，所以對蠻神族來說，要分辨人類是很簡單的事；但人類要辨識蠻神族的話，說不定就真的會出錯了。」

「畢竟實際上也確實發生過誤擊友軍的例子。」

其中與人類最相像的，就屬精靈族了。

雖說他們在外貌上有尖長的耳朵和淺而通透的膚色作為特徵，但若是從遠處看去，那無論是男女都和人類很是相似。

……妖精族裡也有與人類孩童體態相似的存在。

……而矮人族則是像彎腰駝背的老人。

在沒辦法精確判斷對方身形的狀態下。

若只能對著輪廓進行射擊，那就有可能會發生誤擊友軍的狀況。

「就算看到廢墟的陰影處有動靜也別隨便開槍，不然會釀成慘劇的。」

「這我知道。人家可也明白現在是在誰的地盤上呀。」

伊歐聯邦．王都郊區。

第八都市卡西歐沛亞，即是鄰近伊歐聯邦王都的工業區。

在人類輸給蠻神族撤離之前，此地曾建設了生產最新型槍械的工廠。

伊歐人類反旗軍的總部，就位在這座都市的深處。

『全軍停車。』

指揮官貞德下達了指令。

這裡是細碎的瓦礫四處散落的空地。此處沒被大樓的陰影遮蔽，而是被上頭灑下的陽光照得光亮的路面，車輛便是接連停在此處。

「停在這種視野良好的空地真的沒問題嗎……」

「也是啦。如果對手是惡魔的話，他們肯定會立即察覺，把這裡轟得和那邊的樓房一樣。之所以這麼做，是因為已經確定蠻神族不在附近的關係嗎？」

莎琪和阿修蘭以狐疑的態度四處張望。

對於長年與惡魔族交戰，久居地下的兩人來說，即使來到了廢墟，將車子停在陽光照得到的地方，仍是相當不智的行為。

『這是來自伊歐人類反旗軍的指示，我們就照辦吧。各位，目的地就在這座都市的更深處。』

一行人下了車。

凱伊感受著揚起沙塵的強風，再次環顧起周遭的情況。

被破壞得相當嚴重的大樓在經年累月下逐漸風化，上頭長滿了青苔。

龜裂的道路則是生長著茂密的植物。

「就同為廢墟這點來說，和烏爾札聯邦的王都確實是挺像的。不過，這邊看起來更像是被人類棄之不顧的都市呢……」

差別在於植物的生長狀況。

大多數的大樓都被苔蘚覆蓋，崩塌的牆壁被無數藤蔓纏住，就連地面也有一小部分長著

茂密的草原，宛如一片綠油油的地毯。

……再差一點就要完全被綠意吞沒了。

……這些植物的茂盛程度，幾乎要讓廢墟的水泥構造都變得看不見了啊。

此地充斥著凱伊所沒見過的植物。

深紅色的藤蔓上開著藍色的花朵，還結著大得前所未見的橘色果實。這色彩斑斕的程度，簡直像是置身在熱帶雨林之中。

而遠處還看得見數以百計，散發甜香的紫色果實。

「就像是來到了一座小小的森林裡。」

「吶吶凱伊，這個又甜又好吃耶。」

小跳步靠近的鈴娜，雙手捧著一大堆沒見過的紅色小果子。

「來，這是凱伊的份。」

「……我姑且問個一句，這是人類吃了也沒問題的東西吧？應該沒毒吧？」

「嗯。只是吃完之後舌頭會麻麻的而已。」

「那就是有毒啊！吐掉，鈴娜，快點吐掉。要是吞下去就糟了！」

「可是這個又甜又好吃耶……」

「妳是小朋友嗎。好了，這些我沒收了。」

他從鈴娜手裡拿走小果子，朝著腳邊的草叢扔掉。

「唔——……？沒事啦。我也曾吃過這種果實呀。」

「在哪裡吃的？」

「精靈族的森林。那是在與冥帝交手之前的事了。」

聽到鈴娜隨口說出的這句話——

凱伊這才恍然大悟地凝視都市的景觀。未知的大量植物像是要覆蓋大樓和地面似的，生長得十分茂盛。

「凱伊？怎麼了？」

「原來如此。這個……是精靈族森林裡的植物嗎……！」

蠻神族以森林為家。

但他們不喜歡人類打造的大量鋼鐵（大樓）。既然如此，又該怎麼擴張領土呢？

——只要用森林埋沒鋼鐵就行了。

伊歐聯邦敗給了蠻神族。

然而，蠻神族不像惡魔族那般立即遷居，而是在人類撤退後的無人都市之中，種下了森林的植物吧。

沒必要在都市派遣哨兵。

只要慢慢等待——等待這座都市被森林覆蓋的那天到來即可。

「在那之後，這裡就會化為蠻神族的住處了吧……」

「正是這麼回事。」

唰——踩踏腳下瓦礫的腳步聲傳了過來。

站到凱伊身旁的，是女護衛花琳。而主君（貞德）也站在她身後。

「我聽說伊歐聯邦王都『綠化』的嚴重程度還在此之上。而精靈和妖精似乎已經頻繁在該地出沒了。」

「那這裡呢……？」

「伊歐人類反旗軍會定期焚燒植物妨礙『綠化』。畢竟這裡可是總部所在之地啊。」

在大樓與大樓之間的陰暗之處——

生長在該處的藤蔓一如花琳所言，全都經過了祝融的洗禮，呈現炭化的狀態。

「貞德大人，還請移駕。前方就是伊歐人類反旗軍的總部了。」

「我知道了。」

在被花琳推了一把後，靈光騎士便加快腳步，穿過了部下的所在之處。

隨即傳來了歡呼聲。

下一刻，一陣震天價響的拍手聲更是響徹了被大樓包圍的空地。

——伊歐人類反旗軍的傭兵一同敬禮。

那應該有數百——不對，應該超過了一千人。

在廣場井然有序地列隊的傭兵數量實在太多，即使一眼望去，也無法盡收眼底。

「騙人的吧？人家可沒聽說有這麼大的陣仗迎接我們呀！」

「噓，莎琪，會被聽見的。啊，不過拍手聲吵成這樣，應該也聽不見我們聊天的內容吧。好猛啊，這還真像是在歡迎英雄大駕光臨的排場啊。難道說烏爾札人(我們)類反旗軍已經這麼有名了嗎？」

「畢竟我們都打敗惡魔的英雄了，會受全世界注目也算是理所當然吧。」

莎琪和阿修蘭都顯得相當興奮。

在鼓掌聲久久不絕的歡迎陣仗中，一名傭兵朝著站在最前方的貞德走近。

「歡迎來到伊歐人類反旗軍，在此歡迎貴軍的蒞臨。」

那是一名頭髮斑白的老傭兵。

雖說曬黑的臉龐烙印著深深的皺紋，但被戰鬥服包覆的身體鍛鍊得極為精實，散發出沙場老將的風範。

「我是參謀傑夫本．巴肯海。有幸與您見面，靈光騎士。您的名聲已遍及此地。您擊敗那名惡魔英雄——凡妮沙的報告，為我等帶來了莫大的希望。」

「我是烏爾札人類反旗軍指揮官，貞德。貴軍的歡迎讓我銘感五內。」

兩人握住了彼此的手。

雖說身穿男裝的貞德已經是個相當高挑的少女，但仍是比參謀傑夫本矮上了一個頭。這名老兵就是以男性的標準來看，也顯得虎背熊腰。

這時——

「妳這丫頭也一樣。好久不見了，花琳。」

在向貞德行過一禮後，參謀傑夫本將目光投向女護衛。

他的眼裡綻放著帶有野性的笑意。

「看來我們都活得相當長久，龍戰士啊，妳可別來無恙？」

「因為我有優秀的主君。此外，我的年紀還不到得用『長久』來形容的階段。」

「那真是太好了。」

兩人沒有握手，而是握拳相抵。

那問候的方式並非上層官員所行的拘謹禮儀，而是更為粗獷率性的戰士風格。

「花琳，妳認識傑夫本參謀？」

「我們多次在戰場……是我失禮了。貞德大人，您請。」

花琳嚴肅地點頭回應，後退一步。

「參謀，恕我開門見山，我想與貴軍的指揮官但丁閣下對談。我想掌握伊歐聯邦的戰況，並整頓兩軍的合作體制。」

「如您所願。」

參謀恭敬地低頭說道：

「這就帶您前往指揮官辦公室。至於您的部下會另行帶至倉庫和宿舍進行安排。」

「我知道了。麻煩你允許我帶護衛班同行——花琳、凱伊、鈴娜。」

貞德使了個眼色，示意三人跟上。

至於鈴娜則是還沒能進入狀況，正左顧右盼地到處張望。

「吶，凱伊，我們接下來要做什麼？」

「跟著貞德。呃——然後我們要召開反攻蠻神族的作戰會議，所以要一併出席。」

「明明只要有我和凱伊出馬就夠了……」

「我們還沒掌握狀況吧？如今就連蠻神族英雄的所在地都還不曉得，有必要蒐集這方面的情報啊。」

蠻神族的英雄「主天」艾弗雷亞——

據說他對自己施放了好幾重的結界，身懷強力的庇護。

他有著「不沉天使」的別名。傳說在侵略之際，他正面挨了伊歐聯邦火力最強的大型榴彈砲一擊，卻是毫髮無傷，是個極難對付的敵人。

……火力最強的武器也不管用。

……在人類與之為敵的狀況下，就算不誇大其詞，或許也配得上「無敵」一詞的形容。

若說冥帝凡妮沙是最強之矛。

那主天艾弗雷亞無疑是無敵之盾——在對陣時至少得做好這樣的覺悟才行。

「走吧，鈴娜。」

他跟在與參謀（傑夫本）同行的貞德身後。

伊歐人類反旗軍總部——

過去原是都市大型醫院的建築物，成了此地人類反旗軍的基地。

「這裡的『綠意』比外面濃上許多啊。」

走到醫院入口處的凱伊，發現大量的精靈森林植物蓋住了眼前的大門。

覆蓋牆壁的是綠意盎然的大量青苔。

長有莖刺的藤蔓從屋頂一層層地垂落下來，窗戶也被植物包覆，看來在開關上得費上一番工夫。

「難道說，這植物是刻意留著不燒的嗎？」

「好眼力。」

走在前方數步遠的白髮參謀停下腳步，轉頭望向凱伊。

「這麼做有兩個理由。首先，若是將人類反旗軍據點的植物全數根除的話，就等於將人類在此地的訊息告知蠻神族。至於另一個理由，則是這些植物實在是太頑強了。」

老兵抓住牆上的藤蔓，一把扯斷。

「過不了一週，這些藤蔓就會再長出來了。就算放火去燒，只要沒辦法燒掉深植在地下的根，就會一次次重長出來。」

「無聲的侵略……原來如此，果然和惡魔的手法大不相同啊。」

貞德皺眉說道。

「傑夫本參謀，為防萬一，我想問一下這些植物是否有害？」

「對人體是無害的。那些有毒的植物已經被我們調動全軍連根拔起，如今還留存下來的，就是些繁殖能力特別強的植物而已。」

「謝謝你，我放心了。」

「不過……」

老兵仰望著被綠意覆蓋的大型醫院二樓，輕輕嘆了口氣。

「我們的司令官對這樣的景觀很是厭惡，認為此舉反而是落入蠻神族的圈套，讓自己所居住的總部遭到了玷汙……」

接著他再次邁步。

眾人來到大型醫院的一樓。之所以沒有開燈，是為了在白天省電的關係吧。建築物內部幾乎看不見植物的蹤影。

一行人沿著油漆剝落的牆壁和水泥地板前進。

「右手邊的房間是會議室，左側走到底則是訓練室和倉庫。」

「我明白了。我稍後想索取詳細的平面圖，以及這座都市的地圖……若方便的話，希望能配給所有的隊長級成員。」

「我會去做準備的。」

老兵點點頭後，朝著樓梯走去。

這時，就在人類反旗軍的參謀踏上第一階時，他驀地停下了動作。

「貞德閣下……不對，這時候應該問妳這丫頭吧，花琳。」

老傭兵的眼光，掃向代表了烏爾札人類反旗軍的女戰士。

「妳對我們司令官了解到什麼地步？」

「伊歐人類反旗軍的指揮官，名為但丁・蓋布・阿利吉耶里。他有往昔伊歐聯邦王室的血統，是今年二十九歲的男性。雖然身分為人類反旗軍的指揮官，但因為出身王室的關係，所以不以指揮官自稱，而是自居『皇帝』。」

「還有呢？」

「由於自視甚高，所以有著善嫉、猜疑、鑽牛角尖的個性。」

花琳壓低了沙啞的嗓聲說道。

「若非世道如此，憑藉他的出身，或許早已在伊歐聯邦稱王。但如今卻是淪為傭兵集團的指揮官，讓他為這有志難伸的現狀感到憎恨不已。」

「…………」

「而他憤怒的情緒或許會發洩在貞德大人身上。貞德大人擊敗了惡魔族的英雄，立下了奪回人類領土的豐功偉業；而堂堂皇帝是不允許有人比自己表現得更為出眾的。」

「——正是如此，靈光騎士貞德。」

參謀一臉嚴肅地轉過身來。

「就立場上來說，我無法對我軍的指揮官說三道四，但我希望您能明白——我們是誠摯地歡迎貴軍參戰的。」

「無論但丁閣下話說得再重亦然？」

「…………」

「我明白了，麻煩你繼續帶路。」

眾人無言地拾級而上。

這時。

走在最後面的金髮少女戳了戳凱伊的背部。

「吶，凱伊。我實在聽不太懂耶，他們在說什麼？」

「這裡的人類反旗軍老大，說不定並沒有很歡迎我們啊。」

「為什麼？我們都打敗冥帝了，應該很厲害才對吧？」

「我也很難解釋啊，總之先見過面再說吧。鈴娜，我先提醒一下，可別因為生氣就攻擊對方喔。」

他們沿著階梯走上二樓。

雖然還是大白天，但寂靜的醫院走廊還是散發著一股涼意，充斥著凍人肺腑的空氣。

「陛下。」

在過去應該是院長室的房間。

參謀在房間的門前停步，以響徹走廊的音量喊道。

「烏爾札人類反旗軍的指揮官貞德閣下求見。」

「————」

「陛下——」

「進來。」

參謀將房門推開。

這時，強烈的燈光從門縫中透出，閃眩著凱伊的雙眼。

「來了啊。」

天花板上裝設了大放光明的巨大吊燈。

鋪在地板上的酒紅色地毯顯然是舊家具，牆上井然有序地掛著嵌了畫框的畫作，房間底側的架子上則是擺了高級的酒瓶。

……這房間是怎麼回事？

……就好像只有這間房是從正史的王室拷貝過來的啊。

一名矮胖的男子坐在氣派的辦公桌後方。

——他便是皇帝但丁。

那矮胖的體型上堆積著脂肪。

雖說目光銳利，但那絕不能稱作有知性的眼神。光是一眼看去，就能明白他之所以雙眼使勁，就僅僅是為了牽制來者而已。

「我是烏爾札人類反旗軍的指揮官，貞德・E・艾尼斯。」

「…………」

「與您相見是我的榮幸，但丁閣下。」

「來得可真慢啊。」

騎士（貞德）站到了房間的中央處。

至於那位矮胖的「皇帝」則依然維持倚在椅子上的姿勢。

「我聽說你們原訂今天早上就會抵達了，是要我枯等到現在的意思？」

「我們在遠征途中遭遇了疾龍的襲擊，因此花了半天醫治部下以及維護車輛。」

「我一點也不想聽那些藉口。」

尖酸刻薄的口吻。

指揮官不容分說地打斷貞德話語的行為，讓凱伊不禁稍稍抿緊唇角。原來如此，難怪參謀會感到如坐針氈。

「我聽說你被稱為靈光騎士啊。」

「我自知有受到人們這麼稱呼。」

「……哼。」

若同是人類反旗軍的指揮官，那彼此便處於對等的立場。

毋寧說，身為援軍的烏爾札人類反旗軍的地位應該是更勝一籌。貞德之所以會以謙遜的口吻對答，是為了怕衍生出不必要的麻煩吧。

然而——

「你為何要來這個聯邦（國家）？」

聽到皇帝這麼詢問，就連貞德都不禁皺起了眉頭。

「『為何』是指？」

「聽說你趕跑了惡魔，還取回了王都烏爾札克。」

「如您所言。」

「所以你的下一步就是在我的聯邦立下功績，好把伊歐人類反旗軍搶走是吧？」

「…………恕我失禮，您似乎有所誤會。」

對方露出了極為露骨的惡意。

而與之相對的靈光騎士，則是維持著爽朗的嗓聲搖了搖頭。

「我們之所以會造訪這個聯邦，是因為收到了貴軍的支援請求。」

「那是我部下的恣意妄為，並沒有徵得我的許可。」

「那應是出自貴官的提案——不，現在不是挑彼此語病的時候了。我們已經做好與貴軍一同對抗蠻神族的準備，而貴官肯定不樂見讓蠻神族支配國家的現狀。」

「這是當然。」

「若是如此，那功勞的歸屬便僅是枝微末節的小事，不是嗎？」

皇帝默默地咂了一聲。

對於自己顯而易見的挑釁，貞德卻是視若無睹，這似乎讓他感到很不是滋味。

「請容我再補上一句——這是給貴官的忠告。」

「忠告？給我的？」

「假設我們真能擊敗蠻神族，並奪回伊歐聯邦吧。那功勞究竟該算在誰的頭上？——能做出決定的並非我，也亦非貴官，而是目睹了這場奮鬥的部下和民眾。」

「…………」

「您若想要功勞，就請展露出全力以赴的姿態。若能表現出指揮官應有的風采，那民眾便自然會稱讚您的本事。」

「……哼。」

皇帝再次咂了一聲，隨即粗魯地踹了一下桌腳。

「喂，裘比芮。」

「讓您久等了。」

設在房間側面的門扉開啟，一名窈窕的女子向眾人行了一禮。她年紀約在二十五歲上下，有著淡綠色的長髮，以及宛如滿月般的淡金色雙眸。

她有著器宇軒昂的五官，沉穩的笑容也十分美麗。這名女幹部的容貌之美，甚至讓凱伊都不禁暗自抽了口氣。

……還真是罕見，那是漸層色的頭髮嗎？

……我在烏爾札聯邦沒見過，會是當地人的特有髮色嗎？

而從衣領處窺見的脖頸，則是雪白得教人吃驚。

「有客人。」

「是烏爾札人類反旗軍的貴客對吧？感謝諸位遠道而來，協助我軍作戰。我是指揮官助理，名為裘比芮。」

女幹部彬彬有禮地向眾人問候。

指揮官的助理——換句話說便是但丁心腹中的心腹。相對於管束傭兵的參謀（傑夫本），這名女幹部則是不能從指揮官身旁離開的職位。

「我管理人類反旗軍的通訊和聯絡部門，若有需要的話還請儘管開口。此外，若有事求見陛下，也希望各位能先透過我知會一聲。」

「我明白了。那請容我單刀直入，我需要了解與蠻神族的戰鬥狀況——」

「那是你負責的部分啊，傑夫本。」

「遵命。」

老兵中氣十足地回道。

「陛下，我打算盡快召開與烏爾札人類反旗軍的聯合會議。請於半小時後移駕至一樓的會議室。」

「嗯。知道了，知道了。」

皇帝一臉不悅地揮了揮手。

快點退出房間——他的動作如實反應出內心的意圖。

「那麼，貞德閣下，我們就先前往一樓吧。我會為各位帶路。」

「明白了，傑夫本參謀，有勞你領路了。」

眾人退出了指揮官的房間。

在老兵關上房門後，某人憤恨地捶打桌面的聲勢隨即傳了出來。

2

夕陽時分——

被廢棄大樓所包圍的大型醫院，被抹上了一層深橘色的影子。

「不過，伊歐人類反旗軍的基地可真大啊。不僅能隨意使用一整座都市，還建了好幾處倉庫和演習場啊。」

「對吧。他們還說拜此之賜，生產中心和工廠也得以保存下來呢。」

阿修蘭和莎琪攪拌著沸騰的調理鍋。

兩人正用鈦製的鍋子，煮著染成深紅色的湯。

一行人正在戶外煮晚餐。

由於無法為前來支援的烏爾札人類反旗軍準備夠大的用餐區域，是以他們只得在戶外煮飯，並就地用餐。

「不過……這玩意兒真能吃嗎？」

阿修蘭握著大型湯杓，杓起在鍋裡煮熟的蔬菜。

那是藍色的根菜類植物。

那是凱伊所沒見過的蔬菜，而這種蔬菜的來源，居然是生長在大樓背側的植物根部。

「把精靈森林的植物切碎食用，既能填飽肚子，也能妨礙『綠化』……我是能明白這種作法有一箭雙雕的效果，但還是很怕會吃壞肚子啊……」

「這邊的果實也一樣呀。」

莎琪從鍋子裡撈起另一種果實。

「……鈴娜，這吃了真的不要緊嗎？總覺得這一直散發出一股酸臭味耶？」

「嗯。因為我有吃過嘛。」

唯一還笑嘻嘻地看著鍋子的就只有鈴娜了。

她正以雙手捧著攜行用的餐盤，衷心期待晚餐煮好的那一刻。

「吶，阿修，還沒好嗎——？」

「我再煮一下就好喔，鈴娜小妹……話說回來，凱伊啊，你從剛才就在做什麼啊？」

「我在確認槍枝的狀況。」

在距離爐火一步的位置，凱伊正一屁股坐在充作椅子的瓦礫上頭。他手邊握著一把灰色的突擊步槍。

「我借了伊歐人類反旗軍的槍枝，想知道他們用的是哪種子彈。」

「看起來沒什麼不一樣啊？」

「子彈口徑不同。這比你用的槍枝子彈更小一號，不過能減緩擊發時的反作用力。」

也許是敵對種族的特性有所差異吧。

惡魔族之中，有著石像魔那般擁有強硬外殼的分支。

相對地，蠻神族的肉體並不算頑強，為此，就算是威力較低的子彈，也能確實地造成傷

害吧。

……不過，精靈的靈裝和天使的結界就顯得相當棘手。

……如果這把突擊步槍有用，那我的亞龍爪應該也能奏效。

凱伊想確認的，並不是伊歐人類反旗軍的槍枝性能，而是與亞龍爪之間的火力差異。

「和烏爾札聯邦不同的是，這座都市的武器工房和生產中心有半數得以倖存，也因此得以維持戰力。不過，要說最關鍵的原因，應該還是有那個優秀的參謀（老參）在吧。」

「你說傑夫本參謀？」

「是啊。和我相比，實際對話過的凱伊應該更明白吧？你覺得怎樣？你不是也參加了白天那場作戰會議嗎？」

「我認為他是個可以信任的傭兵。」

雖說結識的時間不長，但他確實感受到參謀具備了老練傭兵應有的強韌精神和聰明的頭腦。

「他也毫不隱瞞地告知了與蠻神族的狀況，以及人類反旗軍的軍備清單。我想參謀他是真的一直引頸期盼著貞德的救援。」

「『參謀』是嗎？」

真是敏銳。

凱伊的語氣確實出現了些微的變化，而聽出這一點的則是莎琪。

「莎琪、阿修蘭，你們要是見到那位指揮官，肯定會大吃一驚的。」

「……啊——我們也有打聽到一些傳聞呢。我們有和伊歐人類反旗軍的士兵作過簡單的自我介紹，然後當時有聊到指揮官的話題。」

手拿著湯杓的莎琪聳了聳肩。

「他們說『很羨慕你們』呢。喏，貞德大人不僅年輕、帥氣又有勇氣，還具備了願意跨國遠征的熱情對吧？」

「那伊歐人類反旗軍的士兵又是怎麼評判另一人的？」

「他們是沒直接開罵自己的上司啦，只是說了一句『伊歐（我們）的指揮官和你們的完全相反』。從這句話就能猜出還滿糟糕的吧？」

「……是還滿糟糕的。」

在白天的聯合作戰會議上。

指揮官但丁從入席到退席，從來沒說過任何一句話。

打仗全都交給傭兵執行——

也許是出身王室的關係，那傲慢至極的態度讓凱伊也不禁啞口無言。

「就我個人推測，他對貞德沒抱持什麼好印象。若是要說得難聽點，大概就是相當看不順眼吧。」

擊敗惡魔族英雄凡妮沙，奪回人類領土的騎士貞德。

這是在五種族大戰結束後，世上首次有人達成的偉大功績。對於自稱皇帝的但丁來說，貞德看起來肯定就是個來強搶榮耀的強敵吧。

「在開會的時候，也是有傑夫本參謀幫忙打圓場，才能讓會議順利結束呢。」

「那位參謀老爹根本是實質的指揮官吧。他似乎是個熟練的傭兵，而且也曾在伊歐聯邦以外的人類反旗軍作戰過。」

「那裘比芮指揮官助理呢？」

「啊，對了對了！有個很漂亮的指揮官助理啊！凱伊，你有見到她嗎？」

阿修蘭在燃燒的火堆前方站起身子。

「聽說她是個絕世美女啊？」

「……阿修蘭，你真是爛透了。凱伊，不回答他也沒關係喔。」

「不不，妳誤會啦，莎琪。這也是我從伊歐人類反旗軍士兵那裡聽來的嚴肅話題喔？據說那邊的指揮官是以容貌作為挑選助理的基準，會讓最漂亮的女人在他底下做事。」

「該怎麼說呢……」

凱伊默默思考了起來。

凱伊記得在但丁的辦公室，以及在白天的會議室裡，自己都和她對上過一次視線。對於「散發著脫俗氛圍的美女」這樣的評價，凱伊也沒有要唱反調的意思。

最惹人注意的莫過於那神祕的淡色頭髮和雙眼，那樣的配色宛如童話故事的妖精。

話雖如此——

「但我們這裡也有鈴娜在啊。」

「嗯？凱伊，怎麼了？」

「不，沒事。只是覺得妳看鍋子的態度還真是認真啊。」

看到金髮少女回望自己，凱伊微微露出了苦笑。

單論「美少女」這個形容，混有精靈血統的鈴娜也散發著相當神祕的氛圍；若要舉其他的例子，那在妖鱧方面，也有冥帝凡妮沙和夢魔姬海茵瑪莉露這兩位箇中翹楚。

……說起來，就連貞德她——

……在正史裡也被人類庇護廳取了個「女武神」的封號啊。

英氣十足的嬌貴容貌，是貞德與生俱來的特質。

她並不能算進「美女」的範疇之中。但若還是硬要做出區分的話，指揮官助理袞比芮那洋溢著神祕性的美貌，應該說是與鈴娜較為相近吧。

「吶，凱伊，袞比芮是指待在那男人旁邊的女人？」

「嗯。對了，鈴娜在開會的期間一直是待在外面的嘛。」

由於對鈴娜來說，要聆聽人類講上好幾個小時的話是一種折磨，所以她在會議期間是分頭行動的。據本人的說法，她似乎挑了個大樓的陰影處獨自睡著了。

「鈴娜居然會對人類感興趣，真難得啊。」

「嗯——」

金髮少女歪起了脖子。

「那個呀————」

「原來你在這兒。」

沙啞嗓聲蓋過了鈴娜的話語。

花琳手握出鞘短劍，步履輕盈地踩過滿是瓦礫的路面走近。

「花琳大人？」

「您……您辛苦了！」

「維持原本動作就好，我只是湊巧經過而已。」

女護衛出聲制止正要慌張起身的莎琪和阿修蘭，率性地就地蹲下。

她的右手依然握著短劍。

「這是訓練用的劍，劍刃已經弄鈍了。」

也許是察覺到凱伊的視線吧，花琳亮出了手中的劍刃。

「我剛去和伊歐的傭兵交流了一番。」

「是來了一場決鬥嗎？」

「是沒那麼嚴重，不過要深入了解彼此的話，這樣的手段是最便捷的。此外，由於我在對決中勝出，所以從明天開始的聯合演習，將會由貞德大人的指示為依歸。」

花琳使了個眼色。

在距離凱伊所在班的十餘公尺處，可以看到指揮官正在四處慰勞用餐的士兵。

「——皇帝(但丁)心胸狹窄的個性，反而稱了我的意。」

花琳輕聲低喃，而聽得見她話語的就只有四人——亦即凱伊、鈴娜、莎琪和阿修蘭。

「在人類於五種族大戰敗北後，人類反旗軍就不曾有過跨越國境攜手合作的前例。由於是首次合作，是以其中最麻煩的環節，就在於兩側人類反旗軍的立場高低。」

請求救援的伊歐人類反旗軍，以及出手救援的人類反旗軍。

指揮官一共有兩人。

但要是命令系統也分成了兩道，可是會導致部下產生混亂的。

「人類反旗軍便是人類的集合體，而人類只需要一顆腦袋就夠了。兩顆腦袋只會讓四肢不知所措。」

女戰士將手中的短劍倒插在地。

並壓低嗓子說道：

「我們會讓皇帝過過在基地當總司令的乾癮，但戰場上的總指揮——也就是實質上的最高權力會落在貞德大人的手裡。只要讓傑夫本參謀參加作戰本隊的話，伊歐方也不會有異議的。」

「……這是貞德的點子？」

「是我擬定的劇本——但其實是我和參謀傑夫本閣下的共同合作。」

花琳一臉嚴肅地回答。

「對皇帝來說，他最珍視的是自己的性命。雖說以指揮官來說沒什麼問題，但在與蠻神族的戰爭之中，他從來都沒有踏上戰場過，而是待在基地發布荒唐的指示。部下已經對現在的狀況感到心力交瘁了。」

「確實是可以想像。」

「再來就看貞德大人的手腕了。身為外國指揮官的他，是否真能博得伊歐人類反旗軍傭兵的信任呢。」

女戰士站起身子。

至於倒插在地的短劍則是被她置之不理。

「貞德大人做出了決定，他明天會前往精靈族的森林，前去探勘化為蠻神族巢穴的廣闊樹海。」

「我知道了。我和鈴娜也——」

「貞德大人要一個人去。」

「咦？」

「烏爾札（我們）這一方不會派出一員士兵，全由負責領路的伊歐人類反旗軍精銳組成。若想獲取傭兵的信賴，就只能將自己的性命交由傭兵——那位大人非常理解這一點。」

呼——花琳瞇細雙眼聳了聳肩。

凱伊與她結識至今，說不定還是頭一次看到她做出這樣的肢體動作。

「雖然對護衛（我）來說有些不安，但那位大人可是言出必諾的個性。」

「那妳也要留在基地嗎？」

「若是貞德大人沒能從森林回來，那我就會把整座森林燒成灰燼，把蠻神族殺得一個也不剩。你們要作好這方面的心理準備。」

花琳撇過了頭，展露側臉。

將蠻神族殺個片甲不留——之所以會有如此熾烈的怒火，也是源自於對主君的忠誠所致吧。

在凱伊出言回應之前，烏爾札人類反旗軍的最強戰士便轉身離去。

3

伊歐聯邦，第八都市卡西歐沛亞。

由被綠意包覆的大樓所圍住的廣場上，爆出了伊歐人類反旗軍的歡呼聲。

「——返抵基地。精靈森林還真是個讓人眼界大開的地方啊。」

率領伊歐人類反旗軍精銳部隊的靈光騎士——貞德回到了基地。

他們在黎明時分出發偵察。

而在夕陽時分——雖然比預期晚了約一個小時，但他們仍在沒有任何人負傷的情況下回到了基地。

「讓各位掛心了，但此行也在精靈森林有了新發現。傑夫本參謀！」

「在！」

「立刻準備召開會議。我要向所有隊長告知在森林裡發現的成果。」

「我這就著手安排。」

老兵有力地點頭回應。

雖說他原本就是一名堅毅的精壯漢子，但如今他精悍的眼眸之中綻放出更勝於昨日的光采，想來是受到了貞德的熱情感化的結果。

「各位，你們做得真的很好。」

貞德一一向精銳部隊的士兵出言慰勞。

而遙望她背影的伊歐人類反旗軍的傭兵，表情顯然和昨天大不相同。

被貞德搭話的士兵，甚至有人發出了過於激動的顫吼聲。

——和但丁指揮官不一樣。

從昨天抵達到現在，才過了短短的一天。

貞德不僅前去偵察皇帝遲遲不肯放行的精靈森林，還順利地將伊歐傭兵全數帶回。

「他們的表情像是在說『好想要有這樣的指揮官』呢。」

凱伊眺望著被伊歐人類反旗軍傭兵包圍的貞德，開口說著：

「但妳似乎就有點不一樣了。」

「…………」

在大樓的陰影底下，花琳正靠牆而坐。

即使看見貞德返回也沉默不語的她緩緩抬起頭來。

「我的表情看起來是什麼樣子？」

「妳像是在說——『貞德明明都把自己拋下跑去偵察蠻神族的領土了，居然還比預計時間晚了一個小時才回來，實在是教人氣結』。」

「我晚點得對貞德大人說教一番。」

花琳有氣無力地站起身子。

在主君歸來之前，這名護衛連飯也不吃，就這麼等了超過十小時。

「鈴娜，我要去參加作戰會議了，妳有什麼打算？」

「嗯——……又要開會？」

鈴娜躺在瓦礫上頭，正在享受日光浴。

看似舒服地淺眠的少女，在聽到凱伊的話語後睜開了眼皮。在數百名傭兵的軍靴聲持續迴盪的基地之中，還能表現得與緊張感無緣的，大概也就只有鈴娜了吧。

「什麼時候才要和天使和精靈開打呀？」

「等做好準備之後。由於冥帝一直待在王都裡，進攻起來輕鬆許多；但蠻神族就不是這麼回事了。」

精靈森林、矮人之鄉、妖精的隱居處。

以及天使之園。

每一處對人類來說都是未知的領域。要是輕率進攻的話，肯定會被打得抱頭鼠竄。慎重地進行探索才是當務之急。

「畢竟每次開會，都得坐在椅子上不能動呀……」

「那要在這裡等我嗎？」

「嗯。我說不定滿討厭那個人類的……他又往這裡看了。」

「唔。」

鈴娜的視線——

投往人類反旗軍的據點——大型醫院的二樓。在察覺她正盯著被藤蔓和苔蘚覆蓋的其中一扇玻璃窗後，凱伊也抬頭看了過去。

但他卻看不透窗下的陰影。

對於身為異種族的鈴娜來說，窺伺暗處應該只是小事一樁吧。

「皇帝站在那裡嗎？」

「嗯。他從今天早上就一直盯著廣場（這裡）瞧。因為他太噁心了，所以我一直當作沒看到他……是不是該早點告訴你比較好？」

「……不，我覺得當作不知情比較好。」

他對著鈴娜搖了搖頭。

為了與蠻神族作戰，伊歐人類反旗軍的協助是不可或缺的，要是過於深究而惹得那名男子不快，那就適得其反了。

「那麼，鈴娜，我很快就會回來，妳就在這裡乖乖等我吧。」

在對少女揮揮手後，凱伊便朝著基地——大型醫院的入口邁開步伐。

═══

被廢棄大樓包圍的廣場——

在基地——大型醫院的二樓，有一名男子正俯視著聚集在該處的士兵。

「…………」

藤蔓覆蓋住了玻璃窗周遭的牆面。

之所以刻意從小窗觀察，是因為他很清楚自己並不受到部下愛戴的關係。

「……貞德……！」

在他俯視的地面上。

有一名年輕的騎士正被超過百人的士兵包圍、擁戴著。

騎士剛從精靈森林平安歸來——

從這第八都市卡西歐沛亞南下並穿越一處溼原後，就會抵達一處廣闊的樹海，而他也曉得那裡正是蠻神族的巢穴。

「居然說要去探勘那裡？明明連對方是否有設下陷阱都一無所知……」

此行存在著遭到敵方俘虜、押入敵營的危險性。

遭受拷問、蒙受凌辱、奪去性命——考量到這些風險的存在，指揮官豈能親自領軍？

「靈光騎士，你難道瘋了嗎？」

他猛力踹了牆壁一腳。

在悶響聲於房裡迴盪的同時，伊歐人類反旗軍的領導者「皇帝」但丁，露出了苦澀的神情緊咬後齒。

將軍乃是不動之人。

王者則是坐於王座之人。

「打倒惡魔英雄的救世主？我還以為你多有本事，想不到也不過爾爾。組織的首腦居然站上最前線，這不過是匹夫之勇！你這魯莽的舉動，根本是在藐視身為將軍的立場！」

難以原諒之事有二。

一是烏爾札人類反旗軍指揮官貞德的愚蠢行為。那乍看之下是勇猛的突擊行動，但對但丁而言，那是只能用血氣方剛四字來形容的魯莽之舉。

這與自己的美學相去甚遠。

至於第二個理由，讓他更加難以原諒的則是──

看到貞德的表現後，麾下傭兵變得活力十足的模樣。他們包圍著銀髮騎士高聲喝采，讚揚著他的豐功偉業。

「不管哪個傢伙都一樣，是腦袋都被精靈族的植物吞掉了不成！」

「──陛下。」

讓人聯想到淙淙水聲的女子嗓音。

站在但丁身旁的，是美麗的指揮官助理。

「裘比芮，妳難道也想挖苦我嗎……？」

「絕無此事。」

女傭兵露出嫻淑的微笑回應。

若說但丁那凶神惡煞的神情宛如烈火，那這名女子的微笑便是一股滅火的清水。

「外頭之人盡是些凡夫俗子，不值陛下勞心費力。」

「…………」

「他們只是被那個名為貞德的騎士的魯莽氣息給感染了。若您不願的話，便無須出席今晚的聯合會議。我會代您出席的。」

「看來我靠得住的部下，就只有妳一人啊，裘比芮。」

其他全都是一群粗率魯莽的傭兵。

能理解自己崇高理念，盡好陪侍本分的，就只有這名指揮官助理了。

「部下很快就會想起，這片土地的國王乃是本大爺，而不是那個來自外地的騎士。」

然而——

到了隔天，也就是烏爾札人類反旗軍抵達伊歐聯邦的第三天。

騎士貞德的支持程度之高，已經超越了但丁的想像。

在昨日進行的精靈森林探勘行動中。

他們藉由搜索到的蠻神族腳印，推斷出精靈的巡邏路線。

這項成果傳遍了伊歐傭兵的耳朵，而貞德的支持度之高，已經到了危及但丁地位的程度。

「……這群不長腦的野蠻士兵！」

但丁對著桌面重重一捶，將桌上的玻璃杯震得晃斜。

這是他所擔憂過的最糟狀況。

打倒惡魔族英雄的烏爾札聯邦救世主——這種聲名大噪的指揮官一旦來訪，自己的地位豈不是岌岌可危了？

而且說起來，那人能博取到如此之高的支持度，也是出乎他的預料之外。

那些頑固的傭兵，居然會三兩下就對外國的指揮官敞開心房。

「我從參謀那兒獲知訊息了，關於那位名為花琳的護衛——」

指揮官助理袰比芮以嫻淑的口吻說道。

與面紅耳赤的但丁恰成對比，她的肌膚白晰通透，十分好看。

「靈光騎士貞德的支持度之所以會水漲船高，似乎也和她有很大的關連。她從十餘歲起便輾轉加入世界各地的人類反旗軍，是一名流浪傭兵。而她也在西方的聯邦留下戰鬥紀錄，當時的她僅憑一人之力便擊敗了中型的亞龍，至今仍蔚為奇談。」

手持龍之牙奔馳戰場，就連惡魔族都為之恐懼的龍戰士。

她的名聲也傳到了伊歐聯邦的土地上。

「對於老練的傭兵來說，比起地位，他們更願意對在戰場上立下功勞之人表現出謙和的態度。若是那名龍戰士的主君，便是可以信任之人——如今，我們人類反旗軍的士兵之中，似乎有許多人抱持著這樣的想法。」

「這種事我當然明白！」

碎裂的聲響響起。

但丁將手中的玻璃杯用力砸向地板，大聲吼道：

「我可是伊歐聯邦的王室後人，若非世道如此，萬民本應跪倒在我的面前。但是為什麼……我卻偏偏得承受這種恥辱！」

「陛下。」

美麗女子將一份陌生的地圖攤到了桌上。

上頭記載的是——

「通往精靈森林的路徑……？」

「是的。這是靈光騎士昨天前往的路徑，而我在此斗膽獻策——但換作平時，這應當不是合乎陛下本意的計策。」

對於露出狐疑眼神俯視地圖的主君，司令官助理露出了柔和的微笑。

「若此計成功的話，陛下的地位想必會再次變得屹立不搖吧。」

4

伊歐人類反旗軍總部——

結束於一樓會議室召開的聯合會議後，貞德一踏上走廊便握緊了雙拳。

「反應還挺不錯的。」

「您都甘冒風險完成了精靈森林的探勘，這下努力有回報了呢。」

跟著貞德的花琳點頭道。

不過，她隨即將臉龐轉向走廊的深處。

「護衛班，馬上就要輪到你們出場了。可別怠忽準備。」

「……總算要開戰了嗎？」

站在昏暗走廊一隅的凱伊嘸了一口氣。

「她是這麼說的喔，鈴娜。」

「好……好滴？」

金髮少女慌慌張張地起身。

在總長約一個小時多的會議期間，鈴娜展現了卓越的站立入睡技巧。

「嗯……嗯！呃，凱伊，所以呢？」

「人類反旗軍決定要進攻精靈森林了。我們不是貞德的護衛班嗎？所以應該得跟在貞德身旁一同作戰才是。」

換句話說，他們得走上最前線。

靈光騎士貞德總是會站在人類反旗軍的前方進行指揮。身先士卒乃是她的作戰準則。而凱伊和鈴娜則是要擔任她的護衛。

「什麼呀，就這點小事？我沒關係喔，只要凱伊也在就沒問題。」

「……鈴娜能這麼樂觀，還真是幫大忙了。」

凱伊半是苦笑地說道。

至於另一半，則是他真的覺得內心受到了激勵。

凱伊比任何人都理解鈴娜的強大，有她的協助確實是感到踏實不少；不過，鈴娜那抖擻而快活的模樣，更是賦予了凱伊勇氣。

「貞德，妳說反應不錯是什麼意思？」

「如你所見。」

傭兵從會議室走了出來。

他們是出席了聯合作戰會議的伊歐人類反旗軍隊長級人物，而傑夫本參謀也在列。他在察覺到貞德的視線後，輕輕地點頭回應。

「伊歐人類反旗軍的傭兵，在會議上決定讓我擔任聯合作戰的戰場指揮官了。當然，就體制上來說，總指揮官仍是皇帝就是了。」

被認可為戰場指揮官——

這不是徒有虛名的職位，而是代表傭兵願意將性命交給貞德的意思。

愈是老練的用兵就愈是小心謹慎，他們絕不會被地位或名聲打動。而老練如斯的隊長級

傭兵表現出認同貞德的意向，這代表著相當重要的意義。

「貞德，妳好厲害啊。」

「我賭上性命的行動算是值得了。老實說，我前天進入精靈森林的時候是真的很害怕啊……算了，這都是後話了，可別和伊歐那邊的人說啊。」

貞德露出了靦腆的笑容。

她的這副身影——

和正史裡身為青梅竹馬的她重疊在一起。

……畢竟還被取了女武神這樣的封號啊。

……在人類庇護廳的時候就是如此了。而且不只是同期，連長官都這麼叫她。

她從小就從在專屬的退役軍人指導下學會了軍事指揮的技術，而他們家代代都是天生的指揮官，再加上與生俱來的美貌，以及膽大心細的行動能力——

將這些才能研磨砥礪，並昇華為威光之後，才有了這個世界的她吧。

「若要說還有掛心的地方……」

在最後一人也離開後，貞德回望無人的會議室說道：

「凱伊、鈴娜，你們看了剛才離開的那些面孔，有沒有注意到什麼事？」

「皇帝不在場。」

「那個叫裘比芮的人不在呢。」

兩人的答案都是正確的。

但凱伊留意的是指揮官，而鈴娜的回答卻是指揮官助理。

——不對勁。

平時的鈴娜絕不會對人類的長相有所留心。但回想起來，這反常的反應也不是頭一次發生了。

『吶，凱伊，裘比芮是指待在那男人旁邊的女人？』

『鈴娜居然會對人類感興趣，真難得啊。』

「你們兩人都給出了正確答案。皇帝這次依舊沒有參加會議，而到昨天為止都有參加的指揮官助理（裘比芮）也以有急事為由缺席。但也無妨，畢竟參謀會在晚些時候前去向他們報告會議內容——」

「等等，貞德。」

凱伊打斷了愁眉苦臉的貞德。

「鈴娜，那個指揮官助理是不是有什麼讓妳在意的地方？」

「……我也不曉得。」

異種族少女露出了沒自信的表情。

「那個呀，應該是氣味？嗯——但也混著人類的氣味，所以我沒什麼把握……要是說錯的話，反而會給凱伊添麻煩……」

「無所謂，不管想到什麼都好，就告訴我吧。」

「說到可疑的地方，就是呢……**我認為那女人好像不是人類**。」

聽到這句話——

「願聞其詳。」

花琳率先反應過來。

「全員都進會議室，要是被人聽見可就糟了。」

5

伊歐人類反旗軍基地。

在辦公室——

「陛下，您找我嗎？」

在草木都入眠的深夜，豪華的吊燈依然大放光芒。以軍靴踏著酒紅色地毯的參謀傑夫本，端正了自己的姿勢。

而指揮官但丁——

坐在辦公桌後方的指揮官，以撐著臉頰的姿勢抬眼瞪向了參謀。

「陛下——」

「參謀，白天的會議辛苦你了。」

這句慰勞之詞，出自站在指揮官身旁的女性助理之口。

「我和陛下都未能參與，十分抱歉。我是因為身體忽然有些不適……」

「不，您能恢復健康便是再好不過。」

身體不適？

妳看起來一點也沒有不舒服的樣子啊——傑夫本勉強將迸到喉嚨的話語吞了回去。

……是個讓人喜歡不起來的丫頭。

……完全看不透她心底在想什麼。

傑夫本今年將滿五十歲。雖然感覺得到體力略不如前，但他已經在傭兵界打滾了三十二年之久，對自己看人的眼光相當有自信。

然而，這名女人究竟是什麼來頭？

她在四年前忽然現身，受到了皇帝青睞，成了指揮官助理。

她看起來並不適合勝任幹部。那常保在外的微笑，只是貼在臉上的一層薄薄面具——裘比芮給他的印象正是如此。

「那麼，請問有何要事？」

「有好消息要告訴你，參謀。」

有著端正面容的女子，對坐在身旁的指揮官使了個眼色。

「陛下已經做出決定。他將親自出征，前往位於這座都市南方的精靈森林。換言之，陛下將征往蠻神族所在的領域。」

「什麼？」

「指揮官貞德閣下已然參戰，那更是不能錯過這等好機——陛下是這麼判斷的。」

豈有此理。

這幾年間從未離開這座基地的皇帝，居然要親自出征？

「參謀。」

矮胖指揮官悠然起身。

「我可是很清楚，部下的忠誠已不再對向我，而是開始向那個騎士搖尾示好啊。」

「……那……那是因為！」

「真是煩人。不過，我若是御駕親征，你們應該就不會有意見了吧。目標是蠻神族的據點，就攻打那裡吧。」

「…………」

傑夫本說不出話來。

皇帝所做出的提議，說穿了不過就是在模仿貞德的行為而已。而即便如法炮製，他也不見得能獲得與貞德一樣的評價。

這便是傑夫本當下的感想。

「……我身為參謀，深深為陛下勇敢的決定感到開心，但我希望您能告訴我目的。在抵達精靈森林後，您具體的行動方針為何？」

「我的目標乃是精靈和天使——我會抓住他們帶回基地。」

「您說什麼？這……這究竟該從何做起？」

「我們已經發現了他們的蹤跡。如今，先遣隊已經將精靈森林中樞的部分也探勘完畢了，我剛剛已經收到相關報告。」

傑夫本根本沒聽說過有這樣的報告。每次在執行重要作戰時，他總是會先向自己(傑夫本)尋求建議才對。

「…………」

「您在擔心陛下嗎？」

指揮官助理甜美沉穩的話聲傳來。彷彿像是看透了傑夫本的內心似的。

「出發時間為兩小時後。我們將於深夜零時離開這座基地。」

「深夜出發？但……但是如此匆促的行程，烏爾札人類反旗軍想必會跟不上……」

「參謀，你要想想我刻意挑在半夜出發的理由啊。」

「…………」

這其實根本用不著思考。

理由是為了拋下烏爾札人類反旗軍。

若是說精確點，就是為了拋下貞德指揮官。對皇帝來說，最重要的莫過於「自己」拿下功勞一事。

「…………我明白了。」

傑夫本一臉苦澀地深深低頭。

「然而，陛下，前往精靈森林應當做好萬全的準備。還望您允許我和我的部下與您一同出征。」

「准了。不過，本次作戰絕不可洩漏給烏爾札人類反旗軍……這樣吧，等我們抵達精靈森林後再告知他們。」

「……遵命。」

抵達精靈森林後再通知。

即使貞德指揮官儘速跟上，也終究趕不上前線的戰鬥。

……然而，這會是陛下思索出來的作戰方案嗎？

……感覺像是有人在煽動他。若要說有誰能煽動陛下的話——皇帝的身旁。

傑夫本參謀側眼看向有著嫻淑美貌的女助理，咬緊了嘴唇。

「待準備完畢後，我們就立刻出發。」

「好的，陛下。我和傑夫本參謀會與您同行，您只需保持無所畏懼的心就行了。」

美女露出了甜蜜的微笑。

在兩小時後。

但丁指揮官和他的側近——伊歐人類反旗軍的核心部隊，在這黑暗的夜裡朝著遙遠的精靈森林踏上旅程。

「抵達精靈森林，接下來開始執行俘虜精靈的作戰」。

皇帝於黎明時分傳來報告。

然後——

在此之後，但丁皇帝的精銳部隊就在精靈森林失去了聯絡。

伊歐聯邦。

南側的古代樹海，俗稱「精靈森林」。

此地是精靈、天使、矮人和妖精等四種族所組成的蠻神族大本營，其占地之大遠超乎人類所知。

在伊歐人類反旗軍窮追不捨的執念下，人類終於對樹海的樣貌有了初步的了解。

他們發現了精靈的陷阱，看到疑似由矮人打造的林道，而走在林道上的妖精身影，也被望遠攝影機給拍了下來。

只要再過幾年，最晚不超過十年內，人類就能對樹海深處展開突擊作戰吧。

然而——

這正是蠻神族精心設下的陷阱。

「陛下，再見了。」

「裘比芮？……妳……………！」

他們將伊歐人類反旗軍的指揮官和部下誘至森林裡的傳送法術陷阱，將之轉移到位於森林深處的毒花叢生處。

吸入了毒花瘴氣的人類，無一倖免地失去了意識。

人類反旗軍的核心遭到一網打盡，如此一來，蠻神族在伊歐聯邦的優勢便更加穩定，任誰都無法威脅其地位。

……

…………本應是如此才對。

但遭逢意外的並不是只有人類。

在俘虜了人類的那一天，蠻神族也發生了未能預期的異變。

＝

「精靈（我們）是不需要的？還請稍等，艾弗雷亞閣下……這究竟是怎麼回事……！」

古代宮殿。

在位於古代樹海最深處，高聳入雲的古代樹上頭——

「就如我所說的一樣。」

其中一人是精靈族的大長老。

代表種族的英雄級少女，正趴伏在美麗的白磁色地板上。

「共存就到今天為止，不只是你們（精靈），矮人、妖精和其他生物都一樣。這是我對所有骯髒的劣等種族的宣告。」

另一人是擁有六片巨大翅膀的天使。

主天艾弗雷亞——他既是天使之長，同時也是擁有蠻神族英雄之稱的大天使。有著亞麻髮色的魁梧巨漢，從臺上嚴肅地宣告道。

「這座聯邦（國度）——這個世界乃是天使的領土，而非你們的居處。」

「……艾弗雷亞閣下，您此話當真？」

無法從地上起身的精靈，抬頭瞪向站在前方的天使。

此外還有一物。

那是佇立在主天艾弗雷亞身後，幾乎無聲無息的詭異怪物。

「艾弗雷亞閣下……」

精靈族的大長老——

有著如閃耀月光般髮色的少女，從嘴角滲出了綠色的鮮血。

「在您身後的異種族究竟是什麼東西？您的發言……我不覺得您那些話是出自真心

的！」

形貌詭譎的異種族。

看起來像是被毀損得破爛不堪的人偶。

現出身形的，是身體各處都有缺損，外型古怪的不同種族的少女。

雖說輪廓與人類相仿，但右肩以下的部位卻是蛇身般的觸手外觀；而背上還長出了徒有骨架的翅膀。

——這絕非尋常生物。

精靈大長老的嗅覺這麼告訴她。

那怪物身上沒有生物的氣息，而是散發著「死亡」的味道。

「這……這詭異的怪物……究竟是什麼來頭！」

「妳沒有知道的必要。」

主天艾弗雷亞口中道出的，是冰冷的宣言。

「從今日此時起，我將與劣等(你們)種劃清界線，直至永恆。」

在天使的宮殿裡——

迴盪起精靈的哀嚎聲。

精靈森林

1

伊歐聯邦南側的「異邦溼原」。

這是一片被藍色草皮覆蓋的溼地——

引擎的聲響在溼黏的大地上迴盪著。烏爾札人類反旗軍的軍車颳起了泥土和雜草，朝著樹海奔馳而去。

「是說，這裡為什麼被稱為『異邦溼原』啊？怎麼看都是個寧靜和平的溼原啊。這裡既沒有大隻的動物，車子也跑得很順啊。」

「因為再往前開——」

「會映入眼簾的，就是精靈森林的關係吧。」

聽到駕駛（阿修蘭）的嘟囔，坐在副駕駛座的凱伊和後座的莎琪同時回話。

「那裡可是有精靈的陷阱、妖精飼養的守護獸和矮人的守護像喔。伊歐人類反旗軍也因此沒辦法好好探險呢。」

「涇原姑且不提，我對精靈森林還是有一些知識的啦。」

三輛軍車呈縱隊前進。

阿修蘭所駕駛的，正是跑在最前頭的車子。

「所以說，那位皇帝閣下就這樣朝著那座危險至極的森林發起突擊？雖說大人物的想法是我所不能企及的，但我還是頭一次這麼感到莫名其妙啊。」

緊握方向盤的青年皺起眉頭。

「在昨天早上傳來聯絡後，就再也沒有進一步的聯繫了。雖說還不曉得是全軍覆沒還是遭到俘虜，但這在出發前就是該設想過的狀況了吧？」

「是吧。而且連參謀和司令官助理也跟著失蹤了呢……」

莎琪的語氣相當沉重。

但丁指揮官帶著兩名心腹，突如其來地對精靈森林發起突擊，然後下落不明。

收到報告的時候，實在讓人以為是在開玩笑。

會是指揮官擅自決定的方針嗎？

還是說，是某人煽動了指揮官？

那些還留在伊歐人類反旗軍基地的部下，已經落入了非比尋常的恐慌之中。

「所以說，我們就是來幫他們擦屁股的對吧？」

阿修蘭的嘴裡迸出了沉重的嘆息。

「伊歐方的指揮官失去聯絡，而前去搜索的我們說不定也會跟著消失……」

「啊———阿修蘭你閉嘴啦！我不聽我不聽！」

莎琪摀著耳朵尖叫。

「欸，鈴娜也覺得他這樣講很觸霉頭吧？」

「……嗯———」

莎琪隔壁的少女有氣無力地回應。

「奇怪？鈴娜也沒精神嗎？這也是啦，難得貞德大人都努力立案了與伊歐人類反旗軍一同執行的聯合作戰，卻被那個自以為是的指揮官搞得前功盡棄，當然會感到難以置信吧？」

「是啊，這次真的太過火了。」

凱伊代替鈴娜回答。

「不過，詳情還是得到現場進行確認才行。」

但丁指揮官、參謀，以及他們的部下。

他們若是全數戰死，那對伊歐人類反旗軍的傷害可是難以估算。而大部分的士兵都會像莎琪或阿修蘭那樣，將原因怪到皇帝的魯莽舉止上頭吧。

……真棘手啊。我沒辦法只把責任推到皇帝頭上。

……因為有人在背後煽動這次行動的可能性實在太高了。

對這樣的可能性達成共識的共有四人，分別是凱伊、鈴娜，以及坐在後方車輛的貞德和花琳。

「抱歉喔，凱伊。」

鈴娜從後座探出身子。

「我應該要更早一點察覺才對……」

「不是鈴娜的錯。妳有提醒我們就值得誇獎了。」

「嗯？喂喂，那是什麼意思啊，鈴娜小妹？」

「沒事啦，阿修蘭。鈴娜也很擔心這次的事。比起聊天，你還是看前面吧。那邊可是有一塊沼澤啊。」

溼滑的地面和無底的沼澤。

沼澤被草叢藏得難以辨識，要是車胎陷進去的話，恐怕就難以脫身吧。

「放心放心，已經能看見了。」

『領頭車，朝右側大幅轉彎。』

貞德傳來了通訊。

阿修蘭遵照指示，將方向盤大幅度地向右切去。從前方的車窗望去，可以看見將地平線徹底埋沒的一片巨大樹海。

古代樹海「精靈森林」。

那是自古至今，人類依然沒能抵達最深處的祕境。
「唔！你們看那裡！」
莎琪尖聲喊道。
她探出身子伸手指去，只見四輛軍車呈現被棄置在地的狀況。
『……是伊歐人類反旗軍的車啊。』
貞德的說話聲帶了些許緊張。
昨天清晨，皇帝一行人確實是在這裡停車，朝往森林前進。
『我們也在這裡下車吧。通訊班，聯繫基地，我們找到看似但丁司令官一行人所用過的車輛了。然後——』
三輛軍車停了下來。
『我們接下來將進行搜索。宣布完畢。』

2

古代樹——
指的是樹齡超過數百年的參天巨樹，其根部之粗壯與成年男子的身材相仿，至於樹幹更是粗大高挑，則是足以遮蔽就近觀看之人的視野。

樹皮呈現乾燥的狀態，上頭有些許裂痕，樹根的前端也有枯萎的跡象。

但儘管有老化的現象，茂密的樹葉依舊翠綠。這濃烈的深色綠意之所以能綿延不絕，都是因為古代樹從以前就是蠻神族住處的關係。

「精靈和天使會散發出微弱的法力，在沐浴這些法力數百年後，這些樹木便長得如此高大。但這也只是世人的推論罷了——」

精靈森林。

在有這般稱呼的森林外側，走在隊伍最前方的貞德回頭說道。

在最前方列隊的，是烏爾札人類反旗軍的親衛隊。

而他們後方則是伊歐人類反旗軍的駐留部隊。這支隊伍會以週為單位滯留在森林中，擔綱探索的職責。

「法蘭茲隊長，聽說但丁指揮官曾經過此地？」

「是的。司令官在昨天早晨在毫無預告的情況下抵達了森林。」

神色凝重地邁步上前的，是臉頰削瘦的人類反旗軍隊長。

他是已經在森林探索了超過五年的專家，而貞德在幾天前探勘森林的行動，也是在他的協助下才得以順利推進。

「他帶了參謀、指揮官助理和幾名親衛隊出發。司令官曾表示過，就只有他們得以進入

森林……」

「對精靈森林瞭若指掌的你立刻勸諫喊停，但他並沒有把話聽進去吧。」

「真是非常抱歉……」

「這只是在確認事實，你無須道歉。」

貞德凝視著獸徑。

那是宛如巨大城牆般林立的古代樹與古代樹間的縫隙——是條巨大樹根交纏的道路。

而花琳和鈴娜已經快步踏上了那條獸徑。

「凱伊，這裡這裡！快點跟上！」

「嗯，但妳先等一下，我這裡也必須要做點準備。」

泛用型強攻式槍刀「亞龍爪」。

凱伊再次確認人類庇護廳所開發的兩種子彈——略式精靈彈和略式亞龍彈已經裝填完畢後，將漆成黑色的槍刀扛上肩。

至於他的身後，則是站著一臉嚴肅地握持機關槍的莎琪和阿修蘭。

「讓您久等了，貞德大人……！」

「莎琪上等兵和阿修蘭上等兵，都已經做好戰鬥準備。」

「做得好。」

指揮官對敬禮的兩人輕輕頷首。

「在此向伊歐人類反旗軍的同志們宣告，我們『六人』將踏入精靈森林，尋找失去聯繫的但丁指揮官……然而，我們此行的目的並非救助，而僅是前置作業，必須以確認他們的狀況為優先。」

若是還不清楚皇帝現在的狀況，那營救作戰就無從規劃起。

他們有可能在森林遇難，有可能受到蠻神族的襲擊淪為俘虜，也可能已經全數陣亡——無論哪一項都是很有可能的狀況。

首先得確認發生過什麼事。

「莎琪上等兵會每小時進行一次聯絡。那麼，就依照事前的安排——法蘭茲隊長，貴官負責設置通訊總部。在現在的情況下，這是此次行動的命脈，用於聯繫我們、貴官和基地的數百名士兵。絕不可擅離此地。」

「是！」

「而親衛隊（你們）則是負責死守總部。」

「遵命。」

貞德的親衛隊——與眾人同行至森林的精銳敬禮道。

「花琳大人，有勞您守護貞德大人了。」

「不過是散步一趟而已，這和奪回王都的那場仗不同，並非全面性的戰爭——那麼，貞德大人，我們走吧。」

女護衛指向連綿矗立的古代樹深處，邁出了步伐。

前往樹海的深處。

「由我負責打頭陣，行進順序為凱伊、貞德大人、鈴娜、莎琪上等兵和阿修蘭上等兵。第二人（凱伊）不得與第一人（我）拉開超過三公尺的距離。」

「我知道了。」

他提著亞龍爪跟上。

——前往陽光從樹葉間灑落的古代樹海。

地表被各種顏色的落葉和花朵妝點，稚嫩的幼芽探出地面。

輕輕拂過的微風很是舒適。

由於矗立的古代樹各自相隔了一段距離，是以視野並不算差。和被廢墟大樓的王都相比，這裡的能見度好上許多。

……如此一來，就算出現野生獸類也能即時發現。

……要留意的，大概就是精靈和矮人設置的陷阱吧。

精靈會設下法術陷阱。

而矮人則多會設置毒箭或陷坑一類的實體陷阱。

不過，這都是深入森林後才要擔心的事。

「我們接下來走上約一個小時的路吧。若是照著我在三天前經過的路走，就能確保安全無虞。」

「屬下遵命。」

左手握著偃月刀的花琳說道。

「阿修蘭上等兵、莎琪上等兵，後方狀況如何？」

「目……目前沒有異狀！」

「我們會拚上性命監視的……」

兩人的聲音因緊張而發顫。

由於但丁指揮官一行人失蹤在先，要是稍有不慎，下一批失蹤的肯定就是這支隊伍了。兩人肯定是正確理解了這一點，才會如此緊張吧。

「帶著自信前進吧。你們可是曾挑戰過那個冥帝的突擊班，我很相信你們的實力。再怎麼說，這也比交給伊歐人類反旗軍的其他士兵還來得可靠。」

貞德微微露出了苦笑。

在伊歐人類反旗軍的基地，傭兵明顯地陷入坐立難安的狀態。

比起皇帝失蹤，他們會如此心慌的原因，還是因為實質上的指揮官——傑夫本參謀失聯的關係。

「與其交給他們執行，還是該由我率先行動。況且……伊歐人類反旗軍之中，難保不會還有其他的**潛伏者**存在。」

話語的後半句——

對於專注於警戒周遭的兩人來說，應該是聽不見的吧。

「我還沒向伊歐人類反旗軍公布裘比芮指揮官助理的事。等徹底確認她的身分後再說不遲。」

「嗯。因為我也沒什麼把握。」

鈴娜在貞德的身後說道。

她也用心地在環顧周遭的古代樹。

「但我覺得還是很可疑。雖然長相和人類幾乎一樣。」

關於裘比芮指揮官助理——

她應該是蠻神族的人吧？

這便是鈴娜在看到裘比芮時浮現出的突兀感。

若是精靈的話，便會有明顯的尖耳外徵。若是天使的話，就能從背上的翅膀判斷。

矮人全身上下的皮膚都緊繃堅硬，宛如岩石；而妖精則是有著偏藍的肌膚，身高也僅有人類孩童的高度。

然而。

裘比芮卻不存在任何一種外在特徵。而鈴娜之所以會抱持猜忌的心態瞪視她，乃是因為她所散發的氣味和微弱法力的關係。

「我覺得她的味道不太一樣，但真的只有一點點不同。她的周遭總是有很多人類吧？一旦和那些人的味道混在一起，我就沒什麼把握了。」

「還有另一個理由。鈴娜，妳說過從指揮官助理身上感應到了法力對吧？」

「嗯。那是很弱很弱的法力。但因為蠻神族應該會擁有更強大的法力，所以就是在精靈族裡，她的法力也算是相當少的那一批。」

指揮官助理（裘比芮）是精靈？

她恐怕是剪斷了自己的耳朵，並藉由化妝掩飾氣味和肌膚的顏色，藉以扮成人類。

「……天使的翅膀是法力器官，所以沒辦法將之切除；而妖精和矮人的外觀與人類相去甚遠，是以難以變裝。基於上述理由，妳認為裘比芮是變裝成人類的精靈，對吧？」

貞德壓低了音量低喃。

但說起來，凱伊在前天從鈴娜口中聽聞此事時，就首先想到了這個可能性。

『說到可疑的地方，就是呢……**我認為那女人好像不是人類**。』

「皇帝雖然個性高傲，但絕非無謀之輩。這次的遠征並非出自他個人的思量，單純只是遭受煽動罷了。雖說是自作自受，但也有讓人同情的餘地。」

貞德在堆積了落葉的道路上前行。

「鈴娜，也感謝妳提供珍貴的情報。」

「嗯！」

也許受到稱讚單純地讓她感到開心吧，鈴娜的話聲顯得相當雀躍。

……但我可是擔心到不行啊。

……也不曉得貞德什麼時候會察覺鈴娜的真實身分。

凱伊的內心冷汗直冒。

——鈴娜是異種族。

人類無法感應法力。

關於鈴娜能感應法力的能力，凱伊也是絞盡了腦汁，才解釋說這是在正史透過特殊訓練所習得的本事。畢竟已經存在著亞龍爪這樣特殊的武器，所以就算在正史透過這樣的特殊訓練也不足為奇。

「鈴娜，我知道這樣的要求很不合理，但還是請妳聽一下。」

貞德轉過身子，看向就站在身後的鈴娜。

「妳在伊歐人類反旗軍的基地感應過裘比芮的法力，那如今能在這座森林感應到相同的法力嗎？若能找出她的去向的話，那便是再理想不過了。」

「……可能有點困難耶。」

鈴娜一臉嚴肅，環顧起周遭的景色。

「這整座森林呀，一直散發著很弱很弱的法力，大概是來自精靈、妖精和矮人的體內吧。我是能知道這裡應該有蠻神族存在……」

「但難以鎖定特定對象是嗎？」

在聽著這段對話的同時——

凱伊也想到了另一個應用「感應法力」的可行性。

「鈴娜，我也有件事想麻煩妳試試。」

「嗯，是什麼是什麼？」

「妳能感應到精靈族的陷阱嗎？根據我的猜測，這座森林裡應該設置了好幾個法術陷阱才是。」

即便不適合用來追蹤裘比芮的去向。

光是能感應到對方設下的陷阱，肯定就能大幅提昇在森林裡探索的安全性。

「就算不能精確察覺也沒關係，只要能感覺到『這裡有古怪』的程度就行了。」

「好喔，我會試著努力的！」

這回鈴娜的回應相當有力。

「精靈的陷阱總是設得很巧妙，所以要全數找到可能有點難。但比方說……凱伊，這裡這裡。」

金髮少女朝著小路走去。

只見她繞向古代樹的背側，隨即從樹後探出半個身子招了招手。

「就是這棵樹。啊，要小心別碰到喔。」

「唔！」

凱伊摒住氣息煞住腳步。

法術圓環——

散發著淡淡白光的環狀物，就浮現在古代樹樹幹的上頭。

……惡魔族的法術是紫色的。

……這白色是蠻神族的法術之光嗎？

法術圓環持續閃爍。而它遲遲沒有啟動，便是法術依然固定在樹幹上的證據。

「精靈的陷阱居然會設在這種地方啊。在三天前經過此地的時候，無論是我還是伊歐人類反旗軍的傭兵，都完全沒有察覺到啊。」

「貞德，別靠太近比較好。」

凱伊對著凝視陷阱的騎士說道。

「這類法術應該是會在接觸時發動的。就算蟲子或蜥蜴一類的小動物經過沒事，人類在碰觸時肯定也會觸發的。」

「……雖然還滿在意會是怎樣的陷阱，但還是別觸發為上啊。」

貞德板著臉孔說道。

後方的莎琪和阿修蘭都一臉戒慎恐懼地盯著陷阱散發的光芒。這時，女護衛正獨自一人在這棵古代樹的周圍繞行。

她像是被什麼吸引住似的望向地面，用偃月刀撥開草叢。

「……看來是中獎了呢。」

她伸出手臂。

只見她從草叢裡拾起了一把手槍。

「貞德大人，我認為這是伊歐人類反旗軍的制式配備，況且還沒有受過風吹雨打的痕跡。或許是近日遺落的物品。」

「所以說，皇帝他們是在**這裡**被……？」

「不是觸動了陷阱全員陣亡，就是被抓捕起來了吧。」

貞德從花琳的手中接過手槍。

騎士在觀察一陣子後，拆掉了手槍的彈匣。她將彈匣裡的子彈倒到地上，並目測起子彈的數量。

「一發子彈也沒少啊。看來不是在森林裡遭遇精靈襲擊，而是無意間踩到了陷阱……不過，如果是這種大型的陷阱，要迴避起來應該不會是難事才對。」

「錯了。」

凱伊站在貞德的身旁，伸手指向頭頂。

「要提防的不是那邊，我猜我們頭上的才是重頭戲。」

他所指向的是遮擋陽光的枝葉。

而朝著該處仰望的貞德，隨即瞪大眼睛倒抽了一口氣。

「————原來這邊才是來真的！」

只見飄浮在樹葉上頭的圓環竟有數百之多。

那並非浮現在古代樹樹幹上的大型圓環，而是縮得極小，配合樹葉的尺寸一個個貼附上去的法術圓環。

位置在樹葉的背側。

而且棘手的是，在灑落下來的陽光的妨礙下，辨識法術圓環的光芒成了一件難事。

「真是精妙。居然用灑落的陽光來遮掩法術的光芒。」

花琳半是驚訝，半是驚嘆地嘆了口氣。

「若是有人提點的話確實是可以『看見』，但若非如此就極難察覺……貞德大人，早先的皇帝一行人，應該是被這邊的陷阱給帶走了。」

烙印在大樹樹幹上的陷阱只是障眼法。

「哇塞……這噁心的玩意兒是怎樣。貼在樹葉上的全都是法術的陷阱喔？」

「等等，凱伊，我們看到這些不會有問題嗎？這些陷阱會不會突然啟動，把咱們帶到其他地方呀？」

「我也沒清楚到那種地步。莎琪、阿修蘭，為防萬一，你們還是離遠點好。」

兩人連忙向後一跳。

而在兩人後方的鈴娜，也以謹慎的動作向後退去。

「凱伊，你真厲害，連我都沒察覺到呢。」

「要說是偶然的話確實是偶然。我所記得的，也只有『精靈有著設下重重法術陷阱的習性』而已。」

根據留存於人類庇護廳的紀錄——

精靈會架設兩重，甚至是三重的陷阱。但他們對付的假想敵應該不是人類，而是惡魔族、幻獸族或是聖靈族才是。

……我是懷疑近處應該還有陷阱才會略作搜索。

……老實說，我也差一點就漏看了啊。

冷汗自然而然地劃過臉頰。

要不是凱伊想起了正史的戰鬥紀錄，說不定就會步上皇帝的後塵了。

「——啊，吶，凱伊，我好像找到另一個線索了。」

鈴娜揮了揮手。

「這邊。味道很濃喔。」

「……味道？」

「應該是精靈在走的道路吧。」

金髮少女撥開草叢，朝著深處前進。

雖說距離貞德所找到的獸徑還不到十公尺遠，但該處確實還有一條細窄蜿蜒的小徑。

「原來這裡還有路。而且就位在我們正在走的道路旁……」

「這條小徑被枝葉和草叢巧妙地遮掩住了。不只是貞德大人，就算伊歐人類反旗軍的偵察隊沒能察覺，也只能說是無可厚非。」

花琳回頭看向後方的獸徑。

「原來如此，他們是在這裡監視人類的啊。看來伊歐人類反旗軍的偵察過程也被看在眼裡了呢。」

「愈來愈覺得他們是和惡魔截然不同的強敵了……鈴娜，這條路上有陷阱嗎？」

「嗯——我想應該沒有吧。」

鈴娜踩著樹根橫亙的道路前進。

嗆鼻的森林氣味直撲而來。

雖說土壤和數百種植物的味道混雜在一起，但鈴娜的嗅覺應當能鎖定蠻神族的氣味才是。

「啊。」

少女在跳過樹根後停下腳步。

這裡是一座森林廣場。

在沒有生長雜草的裸露地面上，描繪著大型的法術圓環。以複雜的圖案層層交疊的圓環相當美麗，宛如一幅藝術作品。

——我對這個有印象。

圓環的大小顯然與先前大為不同，而圖案的複雜程度更是難以比擬。

凱伊曾在人類庇護廳的紀錄上見過相似的圖案。

「這是『審門』，是蠻神族用來傳送用的機關……」

「我也在烏爾札聯邦看過類似的東西……惡魔用過那種東西進行傳送。這種法術和陷阱不同，人類若僅是觸碰，應該是不會啟動的。」

貞德伸手觸碰發光的圓環。

即使戰戰兢兢地踏出一隻腳，發光圓環也沒有任何變化。

「看來是蠻神族專用的吧。我想這應該是直通精靈族住處的設計，若能啟動的話，就能做有效的應用了。」

貞德發出嘆息。而在她的腳下——

圓環的光芒漸增，驀地從地面浮至半空。

「什麼？」

「貞德大人請退下，法術正在啟動！」

花琳朝著主君衝去。

然而，兩人卻已被浮起的光芒籠罩。光芒向外擴散，甚至連凱伊、鈴娜和莎琪、阿修蘭都被包覆其中。

……這是怎麼回事，這應該是只針對蠻神族啟動的裝置才對啊！

……這邊哪有蠻神族在——不對，原來如此！

鈴娜是混沌種。

他與一臉困惑地望向自己的鈴娜對上了眼。

她的體內擁有蠻神族基因。不過，鈴娜應該也沒想過這道審門會對自己產生反應吧。

「凱伊！」

「鈴娜！妳能————」

讓這傳送法術失效嗎？

在凱伊把話說完之前，視野已經先一步被白光覆蓋了。

3

古代樹海「精靈森林」深處——

灼燒眼皮的強光漸漸消褪。

在和煦陽光從樹蔭間灑落的廣場上，凱伊和鈴娜正並肩而立。

「貞德大人，您可有受傷？」

「……我沒事。」

花琳和貞德也在。

而在離兩人稍遠之處，也看得見一屁股坐在地上的莎琪和阿修蘭。

「欸，阿修蘭，別趁亂摸人家的屁股啦！不檢點！」

「不不，是妳的屁股剛好坐在我的手上而已啊！」

「閉嘴。別在敵方陣地大聲嚷嚷。」

花琳的一句話讓兩人閉上嘴巴。

……這裡是？

……感覺和傳送前的景色差不多啊？

附近是群生的古代樹，以茂密的枝芽遮住這片空地。

「鈴娜，有辦法回去嗎？」

「……嗯。既然能由我引發反應，只要再啟動一次，應該就能回到原本的地方了。」

鈴娜輕聲說著點了點頭。

這時。

傳來了樹叢被撥動的「唰唰」聲。

「哇——好漂亮的蝴蝶！等我等我，和希露可當朋友嘛！」

只見一名蠻神族的小矮人跳了出來。

她戴著一頂大帽子，身穿長袍，宛如童話裡的魔法師，至於身高大約到凱伊的腰部一帶。

「……花琳，那該不會是——」

「貞德大人，請退下。那應該就是大妖精了。幸好她似乎還沒察覺到我們的存在。」

妖精族的少女追著蝴蝶，在廣場上來回奔跑。

大妖精——一般人對他們的印象，是住在樹上的妖精。他們極少出現在森林以外的地方，而出現在人類前方的案例更是少之又少。

「等我等我…………哇！」

隨著「砰」的一聲，大妖精被阿修蘭的鞋尖絆到，摔了一跤。

「好痛好痛。這條樹根是怎樣啦…………奇怪…………」

大妖精抬起臉龐，直直地盯著阿修蘭瞧。

接著她又依序望向莎琪、凱伊、鈴娜、花琳和貞德。

「你們是哪座森林的精靈呢？奇怪？可是感受不到你們的法力耶？」

「不，我們是人類啦。」

「……咦？」

聽到阿修蘭反射性的答覆，妖精睜大了雙眼。

「人類…………人類…………人———啊！呀……呀啊啊啊啊啊啊！人類？不要吃掉我啊啊啊啊啊啊！」

「啊，喂，等等！」

「救命啊啊啊啊啊啊！」

大妖精蹬著短腿逃之夭夭。她衝進來時經過的樹叢，在短短數秒之內消失無蹤。

「追上去吧。看她逃得那麼賣力，應該是有什麼原因。」

貞德撥開草木前進。

那是只能勉強讓一個人類行走的窄徑。而在走上一段路後，一左一右，宛如拱門一般的巨大古代樹便映入眼簾。

然後———

在這扇門前，有兩名手持弓箭的精靈族少女。

眾人和兩名蠻神族對上了目光。

『人類？』

『是怎麼來到這裡的？』

雖說發音有些含糊，但那確實是人語無誤。兩名少女以充斥敵意的眼神瞪了過來，眼看就要搭箭上弦。

「貞德大人請退後，我來抓住她。」

握好偃月刀的花琳蹬地衝出。

不過——

在下一瞬間，烏爾札聯邦最強的戰士便將雙眼瞇細如針，煞住了腳步。

「原來如此，妳已經沒有隱瞞的打算了嗎？」

「嚇了我一跳呢，想不到你們居然能找到這處與世隔絕的村子。」

那是有著淡色長髮的美麗女子。

正因為應當與皇帝一同消失的指揮官助理裘比芮從兩株古代樹後方緩緩走來，花琳才會停下動作。

「妳沒事真是太好了，指揮官助理——不，蠻神族的密探小姐。」

「像以前那樣叫我裘比芮就好，靈光騎士貞德。」

即使聽到貞德的諷刺，她的微笑也依然沒有動搖。

從兩名精靈守衛站在她左右兩側待命的陣仗來看，她似乎也沒打算遮掩自己身為精靈族的身分。

「我姑且問個一句，你們是怎麼來到這裡的？若是打算硬闖到森林深處，理應會讓守護獸騷動起來才是。」

「正是如此。我們為了搜索重要的皇帝閣下，一心一意地來到這裡。」

「你們是來救那個人類的？我以指揮官助理的身分勸你們一句，和那種人類相比，傑夫本參謀可比他優秀個一萬倍呢。」

「妳把他們怎麼了？」

「我向偉大的但丁陛下進諫，將他們誘入這座森林，之後只要讓他們踩上陷阱即可。你覺得他們被我怎麼樣了呢？」

裘比芮露出了妖嬈的笑容回應。

如今這麼一對峙，凱伊便立刻明白了。她的微笑確實美麗，但那卻是與人類女性截然不同的異質之美。

「請別露出那麼恐怖的表情嘛，指揮官。大家都還活著喔。我讓他們在麻痺花叢裡吸了好幾口氣，應該有好幾天連一根手指都動不了吧。」

「可真教人意外。妳沒打算拿生死相關的資訊作為交涉的籌碼嗎？」

「因為我們這邊也有事想問你呀。」

如此宣告的精靈女子，將雙手交抱在胸口處。

「貞德指揮官，我一直想找個機會與你好好對話。我聽說你在北方的聯邦打敗了那個怪物，這是真的嗎？」

「如果妳指的是惡魔的英雄，那確實不是謊言。」

「我一開始還以為是我聽錯了，我很困惑妳是用上何種手段才擊敗了那個怪物。不過我現在多少能想像出背後的原因了。」

她的目光直指貞德——身後的鈴娜。

對蠻神族來說，這肯定是昭然若揭的事實。他們看得出鈴娜擁有強大的法力，也明白她並不是人類。

「你應該也曉得，我身後便是精靈之鄉。而說老實話，比起伊歐人類反旗軍的所有兵力，我更畏懼的是你們六位。」

「因為我們打敗了惡魔的英雄凡妮沙？」

「正是。說實在的，我不想讓你們活在這世上。然而，一旦對你們動手，我方也會有所折損。要是在精疲力竭之際遭受其他種族的偷襲，那可就敬謝不敏了。」

這時——

女精靈在輕聲說完這些話後，做了一次呼吸。

「我提議締結契約。首先是給人類的甜頭，但你應該多少能猜到才是。」

「是要釋放俘虜的人類嗎？」

「不僅如此，我們也會保證幾位的人身安全。我們願意發誓，在離開森林之前絕不對你們動手。」

「……那你們放在天秤另一端的要求是什麼？」

「對於打敗惡魔族英雄的你們來說，只是一件簡單的小事喔。從這座森林向北走去，會抵達天使的宮殿。」

裘比芮指向森林的深處。

「請你們潛入天使宮殿，與那邊的天使戰鬥吧。」

「唔！」

貞德以及花琳都倒抽了一口氣。

莎琪和阿修蘭則像是沒能反應過來似的啞口無言。

「欸，我不懂妳的意思啦。」

鈴娜率先說出了疑問：

「這不是在背叛同族嗎？我記得蠻神族的種族羈絆是牢不可破的呀？」

「先背叛我們（精靈）的是天使（那些傢伙）。」

裘比芮的微笑消失了。

斂起嘴角的精靈，以壓低的嗓聲說道：

「我會說明事情始末的，請跟我來。」

4

精靈的隱居之地。

被蠻神族視為住處之一的此地，並沒被記載在人類的世界地圖上頭。換句話說，這裡是尚未被人類涉足過的「祕境」之地。

「這座村莊是首次讓人類入內。雖然我方難以表達歡迎，但你們大可引以為傲。」

精靈之鄉。

這是建設在古代樹上的村莊。

他們以古代樹交疊纏繞的樹枝為地基打造橋梁，並將之作為往來的通路。至於他們的住處則是以樹枝搭建而成的小屋。

在一行人於地面上仰望這幅光景之際——

裘比芮忽地轉身，仰望被數百名精靈看守的一座祭壇。

「**靈光騎士**貞德，你穿在盔甲底下的那東西，是精靈族的衣服對吧。」

「……沒錯。」

騎士——貞德的象徵並非盔甲，而是穿在底下，散發淡淡光芒的薄衣。

——靈光戰衣。

這是精靈族珍藏的寶物之一。這件戰衣擁有最頂級的法術抗性，在對上以法力作為主要攻擊手段的惡魔族時，總是能作為逆轉戰局的王牌。

而這名精靈族的密探，似乎一眼就認出來了。

「你是在哪裡得到的？」

「是在烏爾札聯邦的國境一帶。這是惡魔在與蠻神族交戰時獲得的戰利品，而我們則是在一次奇襲中搶了過來。那已經是超過十年前的事了。」

「那我就放心了。蕾蓮大人也下達指示，只要那並非是襲擊精靈族強搶之物，就會暫且不追究這件事。」

蕾蓮？

這陌生的名字讓凱伊瞇細雙眼，而就在這時，三名精靈透過梯子下到了地面。

其中兩名全副武裝的精靈為男性。

至於站在中間的精靈，外觀看起來像是十五六歲的少女，不過她雖然個子不高，但耳朵的長度卻比左右兩名精靈都還要更長。

……精靈族活得愈久，耳朵就會長得愈長。

……這個站中間的是年紀最大的精靈嗎？

從她的服飾和舉止也能看出這點。

少女身上穿的是一套七件式和服，七層交疊的衣服與貞德的靈裝薄衣很是相似。而幾乎要垂至地面，呈漸層色調的長髮也散發著神祕的氛圍。

看似稚嫩的五官綻放著貨真價實的智慧之光，少女的氣質格外與眾不同。

「真讓人煩躁。」

精靈少女瞥了凱伊等人一眼，皺起了臉龐。

「為何非要老身出面和人類打照面不可？這座村子要是沾染了人類的臭味還像話嗎？快點滾出這片土地吧，下等種族。」

「蕾蓮大人。」

「——老身是很想這麼說，但在這個節骨眼上，還是先將不滿收回肚子裡吧。」

受到裘比芮提點的精靈少女嘆了口氣。

……這已經不是用「自視甚高」能形容的程度了。

……完全和蠻神族的刻板印象相符啊。

若說惡魔族是好戰的種族，那蠻神族就是自尊極強，排他性也極強的種族。

但若換個角度來看，這也可以說是坦率的表現。

比起假扮人類，臉上微笑常在的裘比芮，她說不定是更能推心置腹的對象。

「老身是村裡的巫女，名為蕾蓮。汝等的事老身已經聽裘比芮說了，想不到居然能打敗

『那個』惡魔的英雄啊。」

精靈再次掃視起凱伊一行。

「那個怪物過去曾和主天艾弗雷亞閣下打了一場壯烈的大戰。森林外圍的死鹽湖，就是在那場戰役中被炸出來的地貌。汝等能打敗如此強悍的冥帝，老身說實話是有些難以置信……」

「要說難以置信這一點，閣下的狀況應當也是如此。」

貞德抬起頭，看向待在樹上的精靈。其中也看得見個體嬌小的種族——亦即矮人和妖精的身姿。

多達數百之譜的蠻神族，正在凝神傾聽巫女（蕾蓮）和騎士（貞德）的對話。

「**精靈族的大長老被主天艾弗雷亞抓住了**。此話可當真？」

「若非實情，又豈會提出這般提議？」

巫女用巨大的葉子作為座墊，在上頭盤腿而坐。

「主天（艾弗雷亞）閣下完全變了一個人。他原本是那麼地沉穩強健，宛如太陽一般照耀著蠻神族的尊貴之人……」

「他說不需要精靈的存在？」

「豈止是精靈，連矮人和妖精亦然，他要我們全數拜倒在天使的旗下。」

蠻神族是由四個種族所構成的。

四種族並非平等，而是該臣服於天使的支配之下——主天艾弗雷亞在說出這番宣言的瞬間，一切便變了調。

「當然，我們豈有乖乖從命的道理。精靈、矮人和妖精等三族相互商議，決定直接向主天閣下對話。其後，精靈族的大長老擔起三種族代表的身分，前往了天使宮殿……」

「但卻沒有回來。」

「正是如此。然而，老身一眾要是殺向宮殿的話，與天使之間的裂痕就會擴大到無從修補了。」

「所以才會把腦筋動到我們頭上啊。在人類殺入天使的巢穴大鬧一場的期間，精靈族的大長老**湊巧**逃了出來……無論這樣的劇本是成功還是失敗，都能讓精靈坐實未加干涉的事實。」

「正是。汝等要是全數陣亡，老身一眾就會裝作不知情。然而，若能營救我等的大長老，老身便會釋放那些被抓的人類。」

「……花琳。」

貞德對身旁的女護衛使了個眼色。

「以少少六人潛入天使的巢穴，從重重警備下救出精靈族的大長老——妳認為這可行嗎？」

「不可能的。只會落得遭到包圍殲滅的下場。」

護衛的回答沒有絲毫迷惘。

「說起來，目前的陳述依然缺乏佐證。在我方六人抵達宮殿時，確實是有可能受到**天使和精靈**的聯手埋伏。」

沒錯，凱伊也想到了同樣的可能性。

……若要說有什麼能將搜索這座精靈村落的我們一網打盡的妙計。

……那就是和天使串通一氣，在天使宮殿設下陷阱。這是最有可能殲滅我們的手段。

精靈族的大長老遭受囚禁的說明——

的確是欠缺能讓人信服的要素。

「那就奉上我的人頭吧。」

突然間。

伊歐人類反旗軍的前指揮官助理這麼說道。

「裘比芮？汝在胡說什麼？」

「無論成敗與否，他們都需要有人帶路前往天使宮殿，這份責任就由我擔下吧。」

前指揮官助理按住自己的胸口。

「若是在前往天使宮殿的路上認定我方是在說謊，那我就任你們處置了，無論是要挾為人質還是要大卸八塊都悉聽尊便。」

「我拒絕，妳沒有那樣的價值。」

願意賭上性命——

對於前指揮官助理的發言，花琳卻是以冰冷的話語拒絕了。

「我們這裡有六人，若是加上人質的話，就是超過二十條的人命。妳要是以為自己一人就足以抵上這一份債，那就只是單純的傲慢罷了。」

「…………」

「多拿點人頭過來，不然就是拿出更有價值的人頭來。」

「耍小聰明。」

盤腿而坐的少女豎起膝蓋。

「汝的意思是這樣吧——別派出小人物（裘比芮），而是要身為巫女的老身同行。若是老身的話中有假，汝等就會覬覦老身的性命。」

「若妳所言非虛，應當就會接受才是。」

「但這樣真的妥嗎？即使外表如此，老身也是代理首長的身分，用汝等的話語來說便是所謂的千年級。若是想要老身的性命，可別以為能輕鬆取勝呀。」

精靈少女身穿七層式的靈裝。

她顯然是比裘比芮還要強上許多的個體。若是與之同行，就會有在睡夢中遭襲奪命的風險存在。

「因為我不認為妳會比惡魔的英雄更強。」

「……區區人類，倒是挺會說大話的。」

聽到花琳的回應，精靈族的巫女蕾蓮登時好勝地吊起嘴角。

「好吧，老身會與汝等同行。老身會帶汝等潛入宮殿，前往天使的監牢。滿意了吧？」

「巫女大人？」

「請您收回成命。如今事態危急，要是連巫女大人都有個萬一……」

「主天閣下已經變了個人，也無法保證大長老能平安回來。若吾等不採取行動的話，豈不與承認臣服天使無異？」

那音量之大，甚至讓古代樹的樹葉為之震顫。

巫女少女對著聚集在樹上的同伴洪亮地吼道：

「妖精和矮人啊，汝等還不需行動。若是在此刻惹得主天閣下不快，只會讓事態朝往蠻神族內亂發展。此次的計畫僅是老身的獨斷獨行，即便狀況惡化得再嚴重，也只需繳上老身的一條命便能結束風波。」

「巫女大人……」

「老身話已言畢，所有人回各自的崗位去！」

樹上的精靈、矮人和妖精迅速解散離去。

應該是回去防守廣大的森林了吧。

「這下汝就無話可說了吧。」

精靈少女站起身子。

她的七件式靈裝和淡漸層色的長髮隨風飄逸。

「作好心理準備了，人類的指揮官。這是精靈與汝的契約，可別掉以輕心了。若是敢在關鍵時刻膽怯心虛，老身絕不會讓汝等活著走出森林。」

「絕無二言。」

「甚好。那老身就說明詳細的步驟吧。還有……雖然教人不快，但汝等從現在起便是吾等的客人了。喂，希露可。」

少女打了個響指。

聞聲而來的，是先前逃之夭夭的大妖精。

「拿席子來。」

「好——的！」

大妖精歡快地喊著，揮動起小小的手指。

她像是在攪拌空氣似的滑著手指——驀地，一道小小的旋風出現在凱伊的腳底。

那是能將頭髮吹得倒豎的一陣強風。

接著，一片古代樹的葉子不知從何處順著強風吹來，落到了凱伊的腳下。

「這是妖精的法術？」

厚實的樹葉鋪在地面上。

不只是凱伊而已，鈴娜、貞德、花琳、莎琪和阿修蘭的腳邊，都各落下了一片古代樹的樹葉。

……她只是動了動手指，就能喚起強風？

……是為了把樹葉搬到這裡來嗎？

值得一提的是，她在發動法術時並沒有產生法力之光。不僅施法的過程靜謐得讓人害怕，就連在操作方面都十分精巧，讓葉片乘風而至。

這就是妖精的法術。

那與惡魔族粗魯的破壞法術不同，是纖細的力量。

「哇，好厲害！可以坐在這上面嗎？」

就連鈴娜都睜圓了眼，俯視腳邊的葉片。

「老身要說明詳細的步驟了，快快入座。老身可不喜歡抬頭看人啊。」

巫女蕾蓮再次盤腿而坐，快嘴說道。

5

祕境「精靈的隱居之地」。

頭頂上方已被夜色塗成了一片黑——

雖然白天的森林充斥著從樹葉縫隙間灑落的陽光，但這座村子的夜晚是不點燈的。

唯一的照明，來自凱伊身前的營火光芒。

「……膽子可真大，居然能睡得這麼香甜啊。」

坐在古代樹葉上頭的凱伊身後——

鈴娜正側著身體，躺在鋪於地上的數片樹葉上頭。她發出可愛的鼾息聲，從好幾個小時前便陷入熟睡。

……還不能排除在夜裡受到精靈偷襲的可能性啊。

……看來她沒怎麼在提防的樣子。

究竟是信了白天的那套說詞，還是純粹是神經太大條了？

凱伊回想起在人類特區「新維夏」的旅館裡，即便周遭全是人類，鈴娜依舊睡得深沉的模樣——看來理由肯定就是後者了。

還有另一個可能。

那就是她有把握感應到精靈族出手襲擊的瞬間，並立刻起身因應。

「汝還醒著呀？」

營火的火光在黑暗中照出了精靈少女的身影。

「明明野獸和草木皆已成眠，為何人類卻是不惜點火也要保持清醒？老身實在是不明白

呀。」

巫女蕾蓮。

她的視線投向呼呼大睡的鈴娜。

「老身沒有趁夜偷襲的意思。既已和汝等締結契約，在契約結束前就絕不會出手。」

「……我知道了。」

他抽回了為防萬一而伸向槍刀的手臂。

「名為貞德的指揮官提到，打敗冥帝的是汝及那邊的丫頭，是以老身有一事求教。」

「妳是要我一五一十地詳述打倒她的手法？」

「老身倒是沒那麼貪婪。那是汝等的……用來牽制精靈族的籌碼對吧？」

一臉嚴肅地回應的精靈少女，隔著營火與凱伊相對而坐。

「老身想問的只有一件事。汝若是有打敗冥帝的手段，那對主天**艾弗雷亞**亦能奏效嗎？」

她捨棄了「閣下」這個帶有敬意的稱謂。

究竟是因為顧慮到凱伊的立場，還是因為——

「我想，有些應該會奏效，而有些大概無效吧。」

「哦？」

「我和鈴娜之所以能取勝，是因為有好幾個關鍵因素同時產生的關係。老實說，若是再打一次的話，我就沒把握能贏了。」

在與冥帝交手之際，他不僅闖過了好幾個生死關頭，還受到了幸運之神的眷顧。

而眾多幸運的其中之一便是——

……我並沒有那個打算，也覺得那東西很噁心，更不打算回想起來。

……但那個怪物攪亂戰局，確實是我打敗冥帝的勝因之一。

名為切除器官的怪物襲擊冥帝一事。

說起來就是三對一。

切除器官的攻擊，對冥帝造成了相當顯著的傷害。說起來，冥帝最後之所以會力竭敗北，似乎也是深深受到了無座標化的影響。

「話又說回來，妳為什麼要問這個？妳對我們的要求，是營救精靈族的大長老。若是遇上了攔阻的天使，也只需殺出一條活路就行了吧。」

在最糟糕的情況下，說不定得與天使之長——艾弗雷亞交手。

但他們其實沒有必要與之相鬥，契約並沒有要一行人賭上性命死戰。但就蕾蓮低聲說出的內容聽來，她似乎預期會有這麼一場戰鬥。

「就我聽來，妳似乎在期待我們能打敗蠻神族的英雄啊。」

「這是對汝的警告。」

面對營火的精靈少女，壓低了嗓子回道：

「一旦被發現的話，就只有對決一途。無關乎汝是否有這個意願，在如今的主天閣下面前，撤退兩字是毫無意義的。那將會是一場你死我活的戰鬥。」

「………」

「一旦汝獲得勝利，老身一眾就會釋放抓到的人質。」

「要是輸掉的話？」

「就不能讓他們活著離開這座森林了。醜話說在前，老身只是個領路人，可不會向天使動粗啊。無論是在天使宮殿裡大鬧，又或者是救助了大長老，都只是人類的恣意妄為。汝可明白了？」

「這我很清楚。我不打算期待與妳並肩作戰。」

一旦精靈朝著天使宮殿出兵，蠻神族恐怕就會因為內亂而崩潰。

所以蕾蓮不會協助眾人戰鬥。

進一步來說，矮人和妖精也是一樣。就算事態發展成精靈全族惹怒主天艾弗雷亞，剩餘的兩種族也不會因此受到天使的怒火波及。

……而若是事態真的走入絕境。

……這名巫女就會獻出自己的項上人頭，懇求對方就此罷手吧。

她懇求的對象並非人類。

而是主天艾弗雷亞。

「真是可恨，為何老身非得向人類搬救兵不可。難道我族已經無力如斯了嗎？」

火光照耀了她自嘲的笑容。

接著，精靈少女站起身子。

「一等日出就出發。看來應該是沒什麼問題啊。」

「我沒問題。不過貞德怎麼還沒回來啊？」

「若是在意的話，用汝等的那個通訊機聯繫不就得了？想聯繫貞德、花琳還是莎琪或阿修蘭，都隨汝的方便。」

精靈少女站著俯視凱伊。

「汝無須擔心，他只是去村子深處，找上裘比芮問了些在意的事情。依老身推測，他應該想知道那丫頭潛伏於伊歐人類反旗軍時的一些事吧。」

「…………」

「汝覺得這麼做很卑鄙嗎？」

「沒能察覺裘比芮的身分是人類的失誤。這和卑鄙與否無關。」

在種族大戰裡，是不存在光明磊落這四個字的。

若真要譴責精靈族，那趁著惡魔族輕忽大意之際襲擊王都烏爾札克的烏爾札人類反旗軍，也稱不上是堂堂正正的勝利。

「話說回來，我想聊聊關於妳的事。萬一我們真的打敗了主天艾弗雷亞，妳又有什麼打

算？」

「什麼呀，汝居然這麼擔心老身？」

原本板著臉孔的精靈少女，在這時露出了一抹壞笑。

「這場作戰說穿了，就是精靈族對天使的革命，一旦汝等除掉主天艾弗雷亞，老身就能當上蠻神族的英雄——汝是在擔心老身有沒有這方面的野心吧？」

「是啊，妳看起來就是一副心機很重的樣子。」

「汝的這份戒心還真是牙尖嘴利。若想存活下來的話，明天就保持著這股氣概上陣吧。」

精靈巫女轉過身子。

看著她嬌小的背影即將遠去，凱伊他——

「我最後再問一句。」

「什麼呀？老身先說好，要是汝敢問失禮的問題，可是會扯掉汝的舌頭的。」

「妳聽過希德這名人類嗎？」

「那是誰？」

「沒事，不知道的話也沒關係。抱歉，我不該叫住妳的。」

精靈少女晃著幾近及地的長髮，邁步離去。

在目送著她的背影消失後。

「她果然也不曉得啊……」

凱伊一人仰望上空。

其他種族——

惡魔的英雄凡妮沙知曉希德的存在，那蠻神族也一樣嗎？他雖然抱持著這樣的期待，但既然精靈族的巫女不曉得的話，那其他的精靈想必也是如此。

既然如此。

就不曉得蠻神族的英雄是否知情了。

『那傢伙預知了這個世界即將發生的異變。』

『有人引發這場世界輪迴，藉此竄改世界。**那是除了朕和希德之外的英雄，剩下三人的其中一人！**』

主天艾弗雷亞性情大變。

聽到巫女蕾蓮告知此事後，凱伊就難以壓抑內心的悸動。

……我不認為這是偶然。英雄居然會性情大變？

……若是如此，那現在最可疑的人選就是艾弗雷亞嗎？

將正史的五種族大戰的結果加以逆轉。

而在蠻神族內，也編寫了將精靈、矮人和妖精納入支配，由天使登上頂點的劇本。

若是這麼思考的話，就能看出行動的一致性了。

不過——

目前他所使用的手段依然成謎。究竟要用上什麼樣的力量，才能竄改整個世界——這對凱伊來說實在是無法想像。

「就只有英雄『希德』知曉其中奧祕……是嗎？」

凱伊凝視著營火，獨自握緊了拳頭。

1

精靈森林深處——

深綠色的陽光灑在獸徑上頭。停下腳步的花琳，在這時結束了通訊。

「貞德大人，我和在森林入口待命的部隊聯絡完畢了。」

「如何？」

「由於距離有些遙遠，收聽狀況有些不良，但仍是將我等平安無事的狀況傳遞出去了。我已要求伊歐人類反旗軍改善通訊狀況。」

「……希望能以勝利報告作收啊。」

貞德抿緊了嘴角。

為了不讓這晨間的通訊成為最後一次聯絡，他們要履行與精靈之間的契約，並救出皇帝和部下帶回基地。

「休息結束了嗎？」

精靈族的巫女蕾蓮坐在古代樹的樹根上說道：

「那就繼續走吧，很快就要抵達目的地啦。」

「……我們已經走了一個小時，真的離目的很近了嗎？」

凱伊對著她的後背發問。

將亞龍爪扛在肩上握持的那隻手，如今已滿是手汗。

他們走過蜿蜒的獸徑，踏入古代樹密集生長的地區，還跨越了流經樹海的河川，但仍未抵達目的地。

「我以為就距離上來說，我們應該已經來到能目視天使宮殿的位置了。」

「確實是看得見呀，喏。」

精靈少女伸出手，指向自己的頭頂上方。

粗壯參天的古代樹的枝葉遮住上空視野，是以在樹海內部幾乎看不見天空的景色。

「天使宮殿就位在這棵樹的上頭，是打造於古代樹樹頂的浮游要塞。那是集結了精靈、矮人和妖精技術的結晶——老身應該有這麼說明過吧？」

「——妳說在這上面？」

一道影子覆蓋住頭頂。

凱伊還以為是古代樹的影子，原來那竟是天使宮殿的陰影？

「天使的浮游要塞不只一處，但被稱之為『天使宮殿』的，就僅有這棵樹上方的建築物。畢竟那裡也是主天閣下的住處……好啦，來這裡。」

精靈少女將貼在古代樹樹幹上頭的樹葉剝下。

——底下藏著一道法術圓環。

在少女以指尖觸碰圓環的瞬間，一道散發著淡淡光芒的巨大法術圓環，隨即從凱伊一行人腳下的泥土裡頭緩緩升起。

這是雙重機關。

為了啟動傳送的審門，首先得先觸碰隱藏在樹幹上的小型法術圓環。

「雖然由我來問是有點奇怪，但把機關設置得如此細心，是為了防備人類嗎？」

「汝還真敢問得如此直接，老身一眾可是敵人呀。」

站在古代樹樹根上的少女，以傻眼的神情轉頭看來。

她的嘴角帶著些許苦笑。

「答案是『否』。蠻神族豈會畏懼汝等人類？老身一眾會視為強敵的，就只有惡魔族、幻獸族和聖靈族而已。」

「惡魔也是一樣啊，他們根本沒把人類放在眼裡。」

「……凱伊小毛頭，老身明白汝為何這麼問了。既然天使不把人類看成危險因子，自然不會在宮殿裡布下太嚴重的警備網是吧。」

「是啊。我想天使的作法也一樣，已經將其他浮游要塞裡的兵力灑到伊歐聯邦的國境線上了吧。」

這和烏爾札聯邦的惡魔族是一樣的想法。

為了預防其他種族的入侵，而將勢力集中於國境一帶。

……若是如此，我們生還的機率就大幅提昇了。

……畢竟還留在天使宮殿的天使數量，肯定不會有太多才是。

營救精靈族的大長老，然後趁著天使從其他浮游要塞趕來支援之前，迅速脫離即可。

「汝認為會活著回來吧？」

「妳也是這麼打算的吧？」

「這是自然。只要沒被主天閣下發現，就總有辦法脫身。為此，老身可是會不擇手段的，就像這樣。」

精靈少女拉下旅裝上頭的兜帽，遮住了臉孔。

這是一件斗篷狀的外衣，由於她在底下穿了七件式的靈裝，是以尺寸顯得稍大，但如此一來，便無法從外表看出她是精靈。

——噴灑了人類的香水覆蓋精靈的體味。

——戴上了壓抑法力的項鍊，防止法力向外散出。

精靈的特徵全數被隱藏了起來。

現在的她，看起來就像是個身穿旅裝的人類少女。

「怎麼著，如此一來，就算天使看到了老身，也不會想到是『精靈把人類帶到此地』吧？」

「嗯。而且與天使交手的只有人類，妳會維持中立的立場。」

「正是如此。老身既不會攻擊天使，也不會趁隙襲擊汝等。精靈是會嚴守契約的。」

傳送的法術圓環啟動。

精靈少女一腳踏入了被稱為審門的光芒之中。

「凱伊小毛頭，跟上老身，首先先從汝開始。」

「這是當然。」

凱伊手握著亞龍爪，與精靈並肩而立。

……如果這是圈套的話，那在所有人一起傳送的情況下，就會當場全軍覆沒了。

……先讓一個人（我）確認狀況無礙，再讓後頭的大家跟上。

這是昨晚決定的事項。

裝填在亞龍爪裡的略式精靈彈，擁有抵銷法力的效果。

再加上他還有世界座標之鑰作為殺手鐧，就算被天使大軍包圍，凱伊也還有與之相鬥的本錢，是以他一肩扛起了偵察的角色。

「吶，凱伊，讓我打頭陣也沒關係喔。」

鈴娜的話聲因不安而顫抖。

「我可是很強的，就算被天使包圍……」

「等鈴娜學會使用通訊機再說吧。就算讓妳第一個過去，若是沒辦法回傳訊息的話可不行啊。」

凱伊搭著少女的肩膀，試著以詼諧的語氣安慰她。

「——這個危險的任務就交給你了。我會祈禱你平安無事。」

「一旦確認安全無虞，我就會聯絡你們的。」

在對貞德這麼回應後，凱伊隨即踏入了亮光大作的法術圓環。

伊歐聯邦．古代樹海南端——
祕境「天使宮殿．古靈格式塔」。

2

天空——

在耳朵和眼睛有所反應之前。

肌膚率先感受到了這一切。

凱伊用全身感受著拂過頭髮，掃過身體的強風，環顧起周遭的狀況。

自己身處遙遠的上空。

向下看去，便能將包含精靈村莊在內的古代樹海盡收眼底。這裡的高度之驚人，甚至連地平線都能望見。而凱伊目前就身在此處。

「……這裡就是天使的浮游要塞嗎。」

高度何其驚人。

而從心底湧上的征服感也是極為充實。光是站在這裡俯視地面，就產生了自己立於萬眾之上的錯覺。

「喏，這不是沒事嗎？」

以兜帽遮住臉孔的精靈少女，扠著腰發出嘆息。

「既沒有等著上門的天使，也沒有用來對付汝等的陷阱。」

「……這是哪裡？」

「宮殿的後側外圍。這個時間的影子恰好落在這裡，用來藏身正是合適。」

這是巨大的巨蛋型建築物。

正如蕾蓮所言，凱伊被傳送到的是宮殿的後側。他謹慎地環顧四下，但並沒有看到天使的身影。

然而——

「有煙？」

「不……等等，這味道有點古怪。」

凱伊的低喃和精靈的說話聲重疊在一起。

吹過高空的強風，在這時改變了風向。在強風由宮殿正面吹向後側的瞬間，兩人的嗅覺同時聞到了一股嗆鼻味。

那是有東西燒焦的味道。

雖然強勁的風聲阻礙了聽覺，但宮殿正面確實有嘈雜的聲響傳了過來。

「凱伊，晚些再聯絡汝的伙伴。狀況不太對勁。」

精靈豎掌平舉，做出牽制的手勢。

純白的宮殿——精靈少女將身子貼上以前所未見的金屬打造而成的牆面，緩緩繞到了建築物的正面方向。

她探頭窺伺。

「…………這是……發生了什麼事？」

她的喉嚨為之抽搐。

精靈巫女所凝視的，是位於天使宮殿正面的中庭。

這是占據了大半腹地的「天使花園」。原本充斥著優美綠意和盛開花朵的樂園，如今卻被深沉的紅蓮之色所覆蓋。

天使花園正被火焰吞噬著。

理應無法侵略的浮游要塞，如今正被劇烈的火花纏覆，化為煉獄般的悽慘光景。

——狀況相當異常。

就連凱伊也看得出這不是精靈或天使的陷阱。

畢竟這廣大的中庭裡頭，還看得到許多天使趴伏在地的身影。

『凱伊，怎麼了？你一直沒有聯絡……！』

貞德的聲音自通訊機響起。

由於在來到天使宮殿後就一直沒有聯絡，地上的成員想必也察覺狀況有異。

『凱伊，吶，凱伊？發生什麼事了！』

鈴娜的聲音插了進來。

「……放心吧，我和蕾蓮都沒事，天使也沒有設下陷阱。」

熊熊燃燒的火光，以及倒地的天使。

凱伊側眼看著茫然眺望眼前光景的精靈少女，硬是擠出聲音說道：

「總之，大家都先上來吧。狀況顯然很不對勁。」

就連我也不明白發生了什麼事——

凱伊以沙啞的聲音說著，用力握緊了通訊機。

3

「天使還有氣息，看來不是以殺害為目的。但他們的全身上下都有像是被拷問過的大小傷勢。」

擁有翅膀的蠻神族倒臥在地。

雖說每個人都穿著俗稱天衣的天使專用靈裝，但他們似乎是受到了足以貫穿靈裝，使其

失去意識的強力攻擊。

「雖說擱置蠻神（同伴）族固然有些難受，但如今卻是個好機會呢。」

環視眾天使的蕾蓮嘆了口氣。

「現在正適合我等潛入宮殿。不管怎麼說，中庭都被搗毀成這幅模樣了，宮殿裡肯定不會是安然無恙……可別被拋下了，跟上！」

她猛力甩動旅行用的斗蓬，發足疾奔。

好快。明明是嬌小纖細的身軀，但她踏著草坪展現出來的機動力，卻絲毫不遜於人類的傭兵。

「可知道老身在樹海裡跑了幾百年了？儘管身材如此，老身也是有鍛鍊過的。」

精靈露出了傲然的笑容。

即使邊跑邊開口，她依然維持著既有的衝勢，並朝著天使宮殿正門——的旁側跑去。蠻神族少女從宮殿牆壁上所開出的巨大窗戶跳了進去。

窗戶並沒有裝上玻璃。

看來這扇窗戶，只是用來為宮殿送入光線和流風的「洞孔」吧。

「宮殿裡**雖有通道卻無地板**，妳是這麼說的對吧？」

「沒錯。對擁有翅膀的天使來說，地板就像是棲木一般的存在，在整座宮殿裡就只有寥寥幾處而已。」

精靈對著並肩奔馳的貞德點了點頭。

能自由穿梭於宮殿之中的，就僅有天使而已。

說起來，宮殿的地板大都是呈現陷坑般的空洞，若是無翼者，便會跌落至樹海之中。這也是為了防範惡魔族、幻獸族和聖靈族所做的對策吧。

「然而，這可讓老身一眾頭痛了。畢竟矮人、妖精和精靈都沒有翅膀。」

蠻神族的同伴是在地上步行的。

主天艾弗雷亞便為了他們設置走道，而這便是蕾蓮如今正跑在上頭的通道。

「貞德大人，這對我方來說也是相當走運。」

花琳附耳說道：

「若沒有精靈的引路，想殺進這座天使的浮游要塞將極為困難。這會是一場很有價值的突擊。」

「說起來，這還得歸功於皇帝頭上呢。」

「別操之過急，汝等可別忘記，那名人類的性命還握在老身的手裡啊。」

精靈少女在無人的通道上飛奔。

無論是牆壁、地板還是天花板，都是由通透的白瓷色金屬所構成。雖說表面散發著宛如大理石般的光澤，但腳底卻回饋著些許彈力。

這是同時兼具柔軟和堅硬的神奇金屬。

「鈴娜，天花板的那道光芒是法力嗎？」

「嗯。但沒有不舒服的感覺，所以應該不是陷阱吧。說起來，在這種大白天也沒必要用法力照明，也許是感應系的法術吧。」

鈴娜仰望著浮現在天花板上頭的圖案。

每當一行人從底下通過時，這些圖案便會同時發光閃爍。

「那是結界。據說在天使之外的種族經過時便會發亮。老身和大長老在通過此地時，也是照亮不誤。」

「所以我們侵入宮殿的事情被發現了？」

「守衛會察覺此事，但他們卻沒有現身。喏，倒在中庭的其中兩人就是守衛呢。」

眾人沉默了一陣子。

乾澀的腳步聲迴盪在走道上。所有人都抿著嘴，思索著該說的話——這樣的寂靜包覆了整座天使宮殿。

……倒在中庭的天使超過十人。

……到底是誰幹的？誰能先一步抵達這座浮游要塞打敗天使？

是其他的種族嗎？

然而，若是有人入侵伊歐聯邦，駐守在國境周遭的天使浮游要塞肯定會有所察覺；而若是古代樹海冒出了可疑人物，精靈會第一個知道。

但這次襲擊都沒有任何人察覺。

「能想到的可能性有二。」

打破寂靜的，是跑在貞德身後的女戰士。

「一是被關押的精靈族大長老強行逃了出來。」

「不可能的。雖然能明白汝這麼想的原因，但要是如此，會演變成老身一眾和天使的全面戰爭呀。」

「那就是第二個了——」

「就聽汝說說吧。」

「**懲罰中庭的天使的，就是主天艾弗雷亞本人。**」

「啊？」

「花……花琳大人，您這是什麼意思！」

精靈巫女沉默下來。

而跑在最後面的莎琪和阿修蘭則是恰成對比地放聲大喊。

「我只是用消去法思考罷了。想從外頭入侵這座要塞極為困難，能闖進其中的，就只有同為蠻神族的精靈、矮人和妖精，若這些種族都不是犯人的話，那嫌疑最大的犯人，就落在天使自己頭上了。」

「…………」

眾人向右拐了個大彎，繼續在通道上奔馳。

門扉似乎被法術上了鎖，只見精靈略過高約四公尺的巨大門扉，無言地前行。

「主天艾弗雷亞要求其他的蠻神族要接受支配，而非一同共存，是這樣對吧？」

「……沒錯。」

「然而，做出這般主張的就只有主天艾弗雷亞一人，其他天使不太可能就這麼點頭稱是。我想，應該也有一些天使提出反對的意見吧。」

主天艾弗雷亞懲罰了不服從的部下。

而那可能就是倒在中庭的部下。

「有異議嗎？」

「沒有。純論可能性的話，老身也無法否定這是最有可能的狀況。」

這便是精靈的回答。

「老身已經無法理解主天閣下的思維了。若非如此，也不會不惜變裝成人類，也要前去營救大長老(同伴)。」

精靈無力地垂首說道。

「……已經近在眼前了。只要從前方的審門傳送到地下即可。」

在通道的盡頭。

精靈巫女將手伸向緊閉門扉，發光的圖案隨即纏上她的全身。

「蕾蓮？」

「無須擔心，這是以法力啟動的門扉。喏，門開了。」

看似有數百公斤重的金屬門扉，緩緩地朝左右敞開。

這裡是祈禱場嗎？

這裡是一間設置了黃銅色祭壇的圓形大廳。牆上和天花板都設有採光窗，讓燦爛的陽光照亮著整座大廳。

而這片光芒——

「戰斧・五百回風破。」

徹底被刺穿天花板的物質性光輝一掃而空。

白淨的牆面崩毀。

從天而降的超質量暴風搗成碎屑，而擴散開來的力量餘波則是將周遭的一切甩上了牆壁。

——包含凱伊在內的人類。

——而就連同為蠻神族的蕾蓮也一樣。

「咕啊……！」

飛襲而來的瓦礫擊中了精靈少女的全身。她頭上的兜帽在摔倒時掀起，讓底下的臉孔和美麗長髮露了出來。

「哎呀？哎呀哎呀哎呀哎呀？」

擁有翅膀的蠻神族，從被打穿的天花板降臨。

那是有四片翅膀的天使。

她是一名美麗的女性天使，有著微捲的亞麻色頭髮和冰冷的灰色眸子。她纖細的手臂，正握著一把顯得格格不入的戰斧。

「這神聖的宮殿裡傳來了噁心的臭味，我還在想是哪來的鼠輩，結果果然是妳啊——精靈的巫女蕾蓮．蕾露．蕾雀莉葉。」

「…………戰天使維潔絲？」

精靈少女以手背擦去嘴角的鮮血。

「汝……剛才說了什麼……？」

「妳老到連耳朵都重聽啦？那麼大的一對耳朵是裝飾嗎？果然地上的生物都是一樣，全是些在地面爬行的野獸呢。」

「…………**想不到連汝也一樣**。」

精靈臉上所浮現的感情並非憤怒，而是悲哀與驚愕。

遭到了多年至交的背叛——她難以置信地露出愕然神情，站起身子。

「汝沉溺於力量之中了嗎！」

「沉溺？妳在胡說什麼呀。」

女天使單手握持戰斧，在空中飄浮著。

「我乃主天艾弗雷亞大人的僕從，一切都如那位大人所願。」

「…………唔！」

「對啦，我就告訴妳一件好消息吧，巫女蕾蓮。對妳來說，現在可是前所未有的天賜良機喔。」

有著絹秀美貌的天使，露出了扭曲的笑容。

「精靈大長老即將進行處決，而處決自然是由主天大人親手執行。」

「————嗚！」

不成聲的悲鳴。

肌膚原本白晰如雪的精靈，臉色因血色盡失而轉為土色。

「那……那是怎麼回事！」

「這是在殺雞儆猴。只要沒了首長，那就算蠢如精靈，應該也能明白自己的立場。當然，矮人和妖精也一樣。」

「——那可就頭痛了。」

在精靈族的巫女蕾蓮回答之前。

銀髮騎士上前一步，代她回應。

「我是指揮官貞德。雖然沒打算透露我們的情報，但大長老會由我們負責保護。」

「人類？巫女蕾蓮，妳可真是罪孽深重，竟敢將人類帶進這座宮殿之中。主天大人的眼睛果然沒看錯。」

天使提起戰斧，緩緩拍動翅膀。

「天使乃是蠻神族的頂點，除此之外都該拜入麾下，若有不從——就由我親手將之排除！」

她舉起水銀色的戰斧。

那是法具——在灌注天使的法力後，那武器便能讓宛如法術般的超常現象現於此世。

「纏繞風暴之斧啊，撕裂這些傢伙吧。」

她並非揮砍戰斧，而是用力猛砸。

被宛如小型風暴的旋風纏繞的天使，從被打碎的天花板急速下降。她對著站在最前方的貞德以及站在身旁的精靈揮落斧頭。

「花琳。」

「——迸散吧。」

紅蓮火柱竄起。

戰斧經受由下而上揮出的斬擊，彈向斜上方的半空；而從地板噴出的火焰，也被天使周遭的旋風吸引而去。

「居然擋住了我的一擊？」

戰天使（維潔絲）被火焰包覆。

「咕，耍小聰明。區區人類竟敢與我相抗……」

「常被人這麼說呢。我被惡魔說過，也被幻獸這麼說過，但被天使這麼說還是第一次啊。」

語帶諷刺的女戰士，手中握著閃耀著深紅光芒的偃月刀。

刀尖宛如熔岩一般，在閃爍時噴出火粉。這把刀的真身並非人類打造的刀劍，而是「亞龍的牙齒」。

是在幻獸族跋扈橫行的地面上，從亞龍身上拔下來的真貨。

——一旦給予衝擊，就能噴出強力的火焰。

這道火焰化為火渦，在風勢的增強下襲向了戰天使。

「開槍。」

槍聲響起。

身後架著機關槍的莎琪和阿修蘭扣下扳機。即使有強力的庇護護身，維潔絲似乎仍是厭惡中彈，只見她向後方退去。

「貞德大人，請您先行一步。」

她以成對的偃月刀指向祭壇後方。

是大廳裡的另一扇門。

「這名天使的法具為風，對我的亞龍之牙來說再合適不過。由我和兩名部下，便能與之相抗。」

「以人類來說，汝做得挺好！」

精靈巫女蕾蓮將手伸向門扉。

與入口相同，在感應到她的法力後，門扉自動開啟。

「不會讓妳得逞的！」

「臭天使，妳的對手是我們啦！」

阿修蘭的機關槍灑出火網，牽制住天使的動作。

天使肉體的強度，其實與精靈或人類差別不大。若是以肉身承受子彈，就免不了受到傷害。而戰天使此時也只能傾注法力守護自己。

「去吧，凱伊！我們有花琳大人在，肯定有辦法的！」

「幫大忙了。貞德、鈴娜！」

凱伊領著身後的兩人，以全力追著精靈的背影。

槍聲和爆炎聲迴盪著。

而風暴的轟隆聲則是將之蓋過——然後禮拜堂的大門就此關閉。

「天使之長啊，汝已墮落如斯了嗎！」

精靈少女脫下了旅行裝扮。

如今喬裝成人類已毫無意義，若在這時有所猶豫，精靈族的首長就會慘遭處決了。

——眼前是大型的直線走道。

這條大道左右兩側各有九根圓柱，而在這合計十八根柱子的通道上飛奔的，就只有寥寥四人。

領路的是巫女蕾蓮。

其後依序為凱伊、鈴娜和貞德。

發光的通道沒揚起一點塵埃，極是乾淨。不僅感覺不到空氣有所停滯，就連一隻蟲子的振翅聲也聽不見。

……太乾淨也太安靜了。

……安靜到這種地步，反而讓人覺得不舒服啊。

凱伊在奔跑的同時，也仔細地觀察每一根直徑約有兩公尺的圓柱。如此巨大的柱子，說是有天使藏身在後方也不足為奇。

「蕾蓮，還有哪些天使是要留意的？」

「若說是向主天艾弗雷亞宣示忠誠的天使，那答案就是『全部』。天使宮殿裡頭的天使，每一個都是打從內心敬愛主天艾弗雷亞的。」

反過來說。

蠻神族的英雄卻狠心到親手懲罰這些部下，將他們棄置於中庭。

「若要說還沒看到人的，大概就是大天使拉法葉了吧。」

「——————」

鈴娜「咚」地用力跺地，煞住了腳步。

她像是在尋找什麼東西似的，先是仰望天花板，接著來回端詳起十八根圓柱。

「吶，凱伊，我想在這裡休息一下。」

「咦？」

「小……小丫頭，汝在胡說什麼呀？就只差一點了……只要穿過那邊的發光方陣，就能到達主天艾弗雷亞所在的房間啦！」

精靈巫女臉帶怒意地回頭看去。

而就連鈴娜身後的貞德也露出了傻眼的神情。

「要是其他的天使現身襲擊過來，汝又該怎麼應對！就只差一點點了呀！」

「不要，我要休息。」

「小丫頭～～～～～！」

「吵死了，閉嘴。吶，凱伊，我要休息一下，『所以你可以先走喔』。」

既視感。

『……沒事。我不會有事的。』

『去吧，凱伊。和我在一起的話會被追蹤的，你先到上面等我。』

烏爾札聯邦進行王都攻略戰之際。

凱伊還記得，在少女被大批惡魔包圍時，她曾要自己先一步前往政府宮殿的最頂層。這是只有凱伊和鈴娜知曉的互動方式。

「鈴娜，妳難道……」

「什麼事都沒有喔？」

少女回以無比開朗的笑容。

「你先走吧，我休息一下就會跟上。」

「……我知道了。」

他使勁握住了扛在肩上的亞龍爪。

凱伊拍了拍吵嚷不休的精靈少女的肩膀，朝著通道的終點跑去。

眼前是一道散發光芒的方陣，宛如一座噴泉。圓環浮現出無數光粒，朝著天花板的另一端飛去。

「往那邊走就行了吧？」

「唔嗯，不會有錯的。但老身也只進去過那間房一次而已。」

「我知道了。貞德，妳作好準備了嗎？」

「這是當然。」

烏爾札人類反旗軍的指揮官握緊白銀長劍，踏出一步。

「讓我們一同挑戰蠻神族的英雄吧。」

「……想不到事情會發展到這一步。」

精靈少女踩著樓梯向上走去。

在走完十三階的樓梯，碰觸眼前方陣的那一瞬間，她瘦小的身子驀地浮空而起。

「喏，汝等也快點跟上。」

「凱伊，我有一件事要說。」

在樓梯上疾奔的同時。

「上次讓你去對付最為危險的冥帝，真的很對不起。我一直很想和你道歉……」

「貞德？」

「但我這次也會和你一起戰鬥的。」

男裝騎士吁了一口氣。

她斂起嘴角，和凱伊一同踏上最後一階樓梯。

接著踏入發光的方陣——

4

天使宮殿。

最上層——空中大廳「蒼藍真天」。

呈現於該處的，是無盡的蒼穹。

此地沒有天花板，也不存在牆壁。

除了腳下的地板之外，這裡的一切都是位於高空之中。立足點的高度與飄浮的雲朵相同，而推動巨大雲朵的強風就這麼毫無遮蔽地吹了進來。

頭髮和衣服都被風吹得頻頻顫動。

感覺像是站上了海拔數千公尺的巨峰之巔，又像是宛如「置身空中」的情境。

然後——

「天空已蓄積了太多怒意。」

有著六片翅膀的高傲天使，佇立於廣大的祭壇中心處。

那是飄浮在空中的高挑天使。

他有著與戰天使維潔絲相同的亞麻色頭髮，五官威風凜然。琥珀色的眸子帶著強烈的智慧和意志，而身體則是壯碩魁梧。

蠻神族的英雄身穿白色天衣，並於上頭又披了一件藍色的天衣。

「無翼之人，匍匐之輩，仰望天空之徒，為何不從我令？一如治癒之雨自天降地，一如成熟蘋果墜落於地。一切的恩惠都來自上天，並施予大地。為何就是無法理解這個道理？」

天使仰望天空。

「天使（我等）乃是位於頂層的存在。」

在他的背後，有一座插在地板上頭的十字架。

巨大的十字架能讓一個人收納其中，說是十字架造型的棺材或許更加貼切。在那座深紅色的半透明十字架裡——

凱伊看到了一名被關在裡面，正試圖掙扎的人影。

「我將就此巡行處決。」

天使的語氣冷淡。

他像是在觀察腳底昆蟲的孩子般，面無表情地宣告：

「處以精靈大長老死刑。」

精靈被關在十字架的棺材之中。她還活著，並試圖喊叫些什麼，卻被棺材隔絕了話聲。

「艾弗雷亞————————！」

精靈少女嘶吼道。

她將七件式和服甩至身後，以激昂的眼神瞪向天使。

「你已再無率領蠻神族的資格！無論是精靈、矮人、妖精還是天使皆然！事已至此，就由老身送你上路吧！」

「唔，蕾蓮，妳別衝動！」

「人類，別攔阻我！」

精靈甩開了凱伊，蹬地向前衝去。

然而，過於激動的精靈想必沒有注意到——主天艾弗雷亞的手裡握了某種物品。

那名天使的嘴角淺淺地浮現出殘忍的笑意。

「在此執行聖義。」

握在他手裡的，是黃銅色的指揮棒。

他將指揮棒的前端對準了疾奔而來的精靈少女。

——樂聖「神聖之星啊，恭迎墜地」。

一柄外型詭譎的巨劍直飛而至。

那是徒有「神聖之星」這名號的——有著深紅血色的刀刃。

此劍無柄無鍔，僅有裸露的灼熱劍身。這把長度超過十公尺的法術之劍，以將精靈一分為二的勢頭從天而降。

蕾蓮完全沒有察覺到對手出招的前兆。

巨劍是從頭頂上方的死角飛來。而更要緊的是，巨劍飛行的速度實在是太快了。

……那並不是在她（蕾蓮）起跑後才發動的。

……而是為了應付抵達此地的我們而設好的陷阱嗎！

他完全沒有對話的意思。

只是打算殲滅所有人。主天艾弗雷亞不存在除此之外的意志。

「蕾蓮！」

「————咿！」

在聽到貞德的喊聲後，精靈少女察覺異狀仰望頭頂，但卻為時已晚。灼熱的劍尖此時已然來到了她的眼前。

……能砍斷它嗎？

……這對惡魔的法術管用，但還不曉得是否能對天使的法具奏效。

雖然產生了遲疑。

但緊迫到極點的狀況更是刻不容緩。沒有猶豫的時間了。

「世界座標之鑰！」

英雄希德之劍。

亞龍爪對凱伊的呼喚聲產生反應，在瞬息間轉化為神聖高潔的長劍。原本漆成黑色的槍刀，如今變成了通透的陽光色長劍。

「蕾蓮，蹲下！」

『世界座標之鑰能斬斷「命運」。**將不必要的死亡命運自世界斬斷吧。**』

他對著疾飛而至的巨劍舉起了陽光色長劍。

劍尖與劍尖相碰。

在灼熱接觸到陽光的瞬間，灼熱巨劍便在炸開的大氣之中碎裂了。

巨劍化為無數的火焰碎片消失無蹤。

「——————什麼？」

精靈巫女回頭看去。不只是她而已，被封印在十字架內的精靈大長老也驚愕得瞪大眼睛。

人類的劍居然抹消了主天艾弗雷亞的法具？

這絕非尋常長劍。但她們也一眼看出那並非精靈族的法具。既然如此，凱伊所握著的劍

究竟是什麼東西？

但在她們開口之前——

「人類居然護住了精靈？」

飄浮的天使瞇細了雙眼。

「保護精靈。這可真是難以理解的行徑。你真的是人類嗎？還是偽裝成人類的精靈？」

「不，我是個貨真價實的人類。」

他站到了呆若木雞的蕾蓮身前。

「這完全沒有任何問題。要是這個精靈出了什麼萬一，我們就會成為精靈憎恨的對象。我會救她，完全是合情又合理。」

「真是不值。居然想用你的命去換那矮小的精靈之命。」

天使注視蕾蓮的眼神，帶著濃濃的輕蔑。

「雖說那把劍似乎帶有祕密，但要是稍有差池，你早就和那個精靈一同化為塵屑了。這怎麼看都不是一場划算的賭博。」

「我有自信啊，但還不到十成把握就是了。」

視線相交。

他直直接下了天使傾注而來的目光。

「這劍連惡魔英雄（凡妮沙）的法術都承受得住，要與你一戰也不是痴人說夢。」

「…………」

天使先是陷入沉默，接著輕輕晃起肩膀。

「我曾聽過空穴來風的謠言，說是那個敗於人類之手。我原以為那肯定是絕無可能之事……………哈！原來如此，原來如此！」

天使的肩膀劇烈抖動著。

「那個汙穢醜惡的魔物居然敗在人類手下，何其愚蠢。」

「這可難說了。」

「怎麼？你以為自己能與她相提並論了？」

「並非如此。我想說的是，你真的有那個立場去評論冥帝『愚蠢』嗎？」

惡魔的英雄凡妮沙是人類之敵。

她毀滅了王都，讓人類淪為奴隸，對試圖反抗的人類絕不留情。

然而。

「但至少冥帝（那傢伙），可是絕對不會做出懲罰部下的行為啊。」

「那是我的決定。」

天使嘲笑道：

「我乃諸天之頂，是最為高貴的閃耀明星。對於忤逆我意之輩，我可沒打算將他們視為

部下。」

「這就是所謂的心胸狹窄啊。擬裝解除——『月之弩』啊！」

貞德的長劍發出光芒。

騎士的長劍被純白光芒包覆，外型產生變化，最後變成被大量寶石裝飾的絕美長弓。

「劈開吧。」

弓弦鳴響，射出的箭矢扭曲大氣。

「是精靈的弓嗎？」

身在空中的主天艾弗雷亞做出迴旋，下一瞬間，撕裂大氣的箭矢貫穿而過，讓天使的左眼稍稍扭曲了起來。

左頰刮出了一道淺淺的裂傷。

貞德射出的這一箭，足以鑿穿天使的強大庇護。

「人類，你可明白用那具身體施放精靈法具的意義？」

「不過就是磨耗我的性命而已，是個微不足道的代價。」

騎士以理所當然的口吻回應。

然而——

「……貞德？」

凱伊也聽聞過她持有精靈法具的事。

靈光騎士——之所以會有這樣的稱號，是因為擁有靈光戰衣和精靈之弓的關係。就他所知，那是連沒有法力的人類也能使用的特殊裝備。

……但她說了「磨耗性命」？

……我可從來沒聽說過有這種事。

難道說，這就是以人類之軀發動法力的代價嗎？

「貞德，妳那個是——」

「有話晚點再說。眼下的首要之務是擊敗這個天使吧？」

靈光騎士架起第二支箭矢。

「我也對你的劍很是在意。等打了勝仗之後，再讓我好好聽你聊聊吧？」

「何等不敬。」

六片翅膀大幅張開。

隨著「啪唰」一聲，在幾百枚羽毛的妝點下，白銀色的指揮棒揮落而下。

——樂聖「天之震雷」。

雷擊迸散。

在凱伊眨眼的瞬間，那道光芒已然燒灼起貞德的全身。

「……靈光啊！」

即使挨受雷擊，騎士仍以沙啞的嗓聲喊道。

而在盔甲底下。

包覆貞德的薄衣所散發的靈光，減緩了落雷的威力。

「這是精靈的靈裝，對於法術的防禦力不同凡響。天使應該也知曉此事才對。」

雷擊消滅。

靈光騎士單膝跪地，咬緊牙關，維持住自己的意識。

「即便是蠻神族的英雄，其力量的來源依然是法力。只要是透過法具發動的攻擊，這件靈裝就能作為反擊天使的手段。」

正因為是蠻神族的裝備，天使並沒有對這方面制訂對策。

畢竟天使和精靈本應沒有相爭的可能性。

「區區脆弱種還敢大放厥詞。」

天使冷哼一聲。

——樂聖「瞻仰制裁之光的榮耀吧」。

雷擊自天上直劈而下。在接觸到於空中飛舞的羽毛的瞬間，雷擊旋即化為數以百計的光之細絲。

「什麼？」

這並非轟頂巨雷，而是雷之豪雨。

原本湛藍色的天空，被雷光的淡黃色徹底覆蓋。下一瞬間，用以殲滅地上之人的雷擊自全方位襲擊過來。

閃電接連咬上了貞德的靈裝。

而電擊在這段期間還變得更為巨大，分裂成更多細絲，乘著大氣撲向站在貞德身前的凱伊。

來自四面八方的攻擊。這絕非世界座標之鑰所能悉數擊落的數量。

「七姬守護陣！三姬，回應老身！」

七件式的靈裝如同斗蓬般迎風飄揚。

精靈少女脫去了披在身上的靈裝，只穿著輕裝的她握著七件薄衣，將其中三件拋向半空。

發出淡淡光芒的薄衣在空中綻開，構成布匹的絲線在空中交纏，描繪出發光的圖紋。

——廣範圍守護結界。

在凱伊、貞德和蕾蓮頭上張開的圓環，成了一把光之傘。

光之傘接下了雷擊之雨，將之一舉推回虛空。

「……蕾蓮？」

「這下就還了欠汝的人情。老身才不要收下人類的人情債呢。」

裸露出白晰雙肩的精靈少女，看似害臊地轉過了頭。

「但主天艾弗雷亞的法具極為強大，老身也沒有全數擋下的自信。為此，若是要擺脫僵

局——」

「『四對一』就有勝算？」

「沒錯。以人類來說，你腦子轉得挺快的。跟上！」

精靈少女驀地衝出。而幾乎是同一時間——在不到一秒鐘後，凱伊也在空曠無比的大廳上直直衝刺。

——目標是血色十字架。

只要能解放被關在半透明棺材裡的精靈大長老，就能以四對一的態勢面對天使。

「這樣啊。」

但主天的表情沒有變化。

他高舉的手中出現出一把長矛。這把槍頭分為三岔的三叉戟，對著精靈少女扔擲而去。

「唔，又是同一招！」

蕾蓮拿起手中的一件薄衣閃避。

然而。

擲出的銀色三叉戟，卻是輕而易舉地貫穿了薄衣的防禦。

「……這怎麼可能？」

精靈巫女蕾蓮的靈裝，名為「七姬守護陣」。

這是用古代樹樹葉的纖維和蕾蓮自身的頭髮編織而成的法具，是能同時吸收、卸開七種法術的強大物品。

靈衣就連惡魔的業火也能將之阻絕。但如今卻被一舉貫穿——

「此乃天罰之矛，是用於貫穿法力障壁的法具。」

三叉戟的槍尖抵到了精靈的胸口。

在那一剎那。

「你太小看人類啦，天使！」

凱伊從她的身旁揮舞世界座標之鑰，劈中了槍尖。

隨著刺耳的「鏗」一聲傳來，三叉戟掉落在地。

貞德瞄準了即將再次出手的天使，射出箭矢發起追擊。而在天使用翅膀彈開箭矢的時候，蕾蓮已經抵達了十字架的所在位置。

處決用的棺材。

在半透明的深紅色棺材中，一名精靈正痛苦地掙扎著。

「大長老，還請稍等！」

蕾蓮手裡握著一把綻放滿月色光芒的短刀。

那想必是類似天罰之矛那樣，用以擊破障壁的法具吧。她以雙手緊握短刀，向下戳去。

——碎裂。

金屬碎片飛上半空。

灑落到精靈肩膀上的碎片，是碎裂的短刀破片。

「…………豈有此理。」

她原本有十成的把握能打破這個棺材。

此時的蕾蓮以混雜著絕望和愕然的表情，低頭看向手邊的短刀。

「這可是珍藏的寶物呀！怎麼會——」

「妳連天與地的交界都看不清了嗎？這就是我與妳的力量差距。」

「主天（艾弗雷亞）……」

精靈巫女咬緊牙關，回頭看去。

「**這是怎麼回事**，老身一直覺得奇怪，你——**到底是從哪裡獲得這股力量的！**」

「蕾蓮？那是什麼意思？」

「被囚禁的可是大長老，她是人類口中的『英雄級』，亦即實力與主天相近之人。能讓她以毫無還手之力的狀態關押起來的力量，已經可以說是異常了。特別是這副棺材！那傢伙應當已然消耗了許多法力了才是！」

若非如此，應該就會從內側遭到破壞了吧。

主天是在消耗大量法力封住精靈大長老的同時，與眾人交手。

「然而，除了這副棺材之外，他所使用的法具已經多達四個！」

讓灼熱之劍降臨的黃銅色指揮棒。

呼喚雷擊之雨的銀白色指揮棒。

然後是破壞障壁的三叉戟，而最後的一件法具——就凱伊所見，應該是主天所穿著的天衣吧。

……確實是太亂來了。

……這個天使到底已經消耗了多少法力！

蠻神族無法用體內的法力器官直接發動法術。

他們必須先為此準備法具，再灌注法力，才能讓法具發揮出擬似法術的效果。

「用法具施放法術的轉換效率實在難以說是優異。汝的法力固然高強，但絕不可能有這種程度！」

「————」

「回答老身吧，主天，那股力量就是讓你性情大變的原因嗎！」

「性情大變？」

飄浮的天使降落。

他腳尖觸及的地板，在不知不覺間開出了一個黑色的洞穴。

「妳錯了。這是歡欣的情緒，是我獲得了新部下感受到的歡愉——那是用來代替你們的

存在。」

滋滋……有某物從地板上的洞穴爬了出來。

那是相貌詭異的異種族。

直視其外觀的貞德倒抽了一口氣，蕾蓮則是向後退去。

「唔？」

「這……這怪物是怎麼回事……！」

出現在眾人面前的，是身體各處都有所缺損的詭異少女。

雖說輪廓與人類上相仿，但右肩以下的部位卻是蛇身般的觸手外觀；而背上還長出了徒有骨架的翅膀。此外，她還有兩顆頭顱。

那是──

「是**那個時候**的切除器官嗎？」

凱伊回想起在墳墓的遭遇。

那確實是出現在鈴娜遭受封印的個體。難道那玩意兒追到了伊歐聯邦來了嗎？

「切除器官？換句話說，這東西也出現在與冥帝的那場戰鬥嗎！」

「貞德，絕對別靠近，蕾蓮也是！」

恐懼再次爬遍全身。

這壓迫感和不協調感之強，甚至難以言喻。不管看過幾次，這怪物都是異常的存在。

「哦？人類，你認識我的部下啊？」

天使愉快地挑起了一邊的眉毛。

「那似乎省去了介紹的麻煩。」

「英雄艾弗雷亞，那若是你的部下，那我也有問題要問。」

他詢問露出冷笑的天使：

「你就是世界輪迴的元凶嗎？」

過去，在冥帝即將取回記憶之際，切除器官曾現身滅口。

既然將這樣的怪物稱為部下，那他肯定對冥帝所說的世界輪迴有所知悉。

又或者——

這名天使便是冥帝所說的始作俑者？

「**你在說什麼**？」

但蠻神族的英雄卻僅是納悶地皺起臉龐。

「這是我所獲得的嶄新力量。世界輪迴？那是什麼東西？」

「唔！是我猜錯了嗎？你不僅不是元凶，也對世界輪迴一無所知？那希德呢？你也不曉得先知希德的存在嗎？」

「……………………希德。」

天使眉間的皺紋加深。

接著，他伸手攫住自己的額頭，臉上甚至浮現出苦惱的神情。

「希德……………先知希德。**他暫放在我這裡**。」

「咦？」

「──────我……幫他保管了。從那個人類手裡接過了……」

天使身形一晃，單膝跪地。

而就在下一秒。

凱伊親眼目擊了進一步的異變。

5

天使宮殿．十八聖柱迴廊──

在發光的通道。

這條通往主天艾弗雷亞所在的「蒼藍真天」的大走道上。

其中一根柱子崩毀了。

轟隆聲和粉塵填滿了整處空間。

是鈴娜的法術粉碎了圓柱的柱芯，摧毀了天花板和地板。

沙塵漫天飛舞。

而在這片沙塵底下，從天花板垮下的巨大瓦礫堆成了小山。

「……實在厲害，吾之庇護竟被輕易地擊穿。」

瓦礫被甩上半空。

將重達數百公斤的巨石輕鬆彈飛，自底下爬出身子的，是一名魁梧的天使。

他身高有三公尺，那有力的雙臂比鈴娜的腰更為粗壯，鼓脹著結實的肌肉。

大天使拉法葉——

這麼自報姓名的天使，其天衣已是破爛不堪，而全身上下也是傷痕累累。

「看來是極具威脅之人啊。入侵者，妳是什麼來頭？」

「…………」

鈴娜的背上顯現出一對天魔翅膀。

想必大天使也已經明白，鈴娜的肉體融有蠻神族、惡魔族等多數種族的基因。

「你是叫大天使拉法葉來著？」

她自虛空俯視巨漢。

「你說謊。」

鈴娜以恨恨的語氣說道。

「我的攻擊其實幾乎沒什麼效用吧？我已經看出來了。」

「唔嗯？」

「我討厭這種老神在在的態度。天使都是這樣，用自以為是的態度看人。」

天使的特長為防禦。

和擅長攻擊法術的惡魔族成對比，無法將法力以法術的形式向外釋出的天使，能將這份法力用來強化自身的肉體。

鋼鐵？不，其強度還在這之上。

鈴娜無論是用上了龍之剛力毆打，或是釋放攻擊法術，都無法造成致命性的傷害。而就算勉強造成了一點小傷，也會被對方迅速治好。

「就像一座會動的要塞呢。」

他是聖柱迴廊的守護者，也是主天艾弗雷亞的心腹。

若是鈴娜沒有察覺到這名天使的存在，並下定決心停下腳步，那包含凱伊在內的所有人肯定無法越雷池一步，只能眼睜睜看著大長老遭受處決吧。

「這話也是我想問的，妳這樣就是用盡全力了嗎？」

「…………」

「難以捉摸的混沌法力，以及那對翅膀……甚至還感受得到幻獸族的力量。妳的真面目和力量的來源，究竟是什麼來頭？」

「我不知道，也不想知道！」

即使不曉得也能活下去。

若是不曉得也能有凱伊的陪伴，那鈴娜就沒有更多的奢望了。

就算知曉了真相——

也可能反而會因此而痛苦。她憑藉本能明白了這一點。

「真是有意思的存在。我絕不能讓妳通過此地。」

大天使拉法葉手裡握著戰槌。

他以強大的法力所使出的一擊，乃是能穿透大氣，在沒接觸到的狀況下將對手搗碎成粉末的無形破壞。

「……我討厭那個槌子。」

鈴娜背後的圓柱就是證物。

雖然上一回合的交手勉強躲過了攻擊，但被餘波掃到的圓柱卻變得如薄紙般扁平，就此搗碎崩塌。即使強如鈴娜，也為剛才的光景暗自捏了把冷汗。

「既然你很強，我也不會手下留情了，就算死無全屍也別怪我！」

「混沌種，儘管放馬過來。」

大天使舉起戰槌。

鈴娜則是讓天魔之翼綻放出高潔神聖的雷光。法具對法術。法具釋放出純白的光芒，而混入了眾多顏色的混沌雷擊則是發出轟隆聲，填滿了整座通道。

——兩者劇烈衝突。

大天使拉法葉和鈴娜的身體像是被彈飛似的飛上半空，狠狠撞在身後的圓柱上頭。

「……嗚，好痛……」

腦昏腦脹地站起身子的，是帶有翅膀的少女。

「你居然敢那麼用力地揍我的翅膀！」

挨了戰槌一擊的鈴娜，已經沒辦法筆直地走路了，但她仍是皺起臉龐，顫顫巍巍地走向牆邊。

「你這騙子。」

鈴娜俯視著仰躺在地的巨漢，不悅地說道：

「就算想裝死，我也不會因此放鬆戒心的。」

「……妳為何認為我在裝死？」

「要是已經動彈不得的話，要不要把戰槌放開呀？」

沒錯。

鈴娜瞪視的是天使的法具。即使癱倒在地，大天使拉法葉那粗壯的右手仍是緊握著戰槌。

——他還有戰鬥的力氣。

就是隨時起身也不奇怪。

「不巧的是，我並不明白妳為何感到不快。主君要我前去排除入侵者，但我卻戰敗了。**因此妳大可前行。**」

「唔！」

「就在這上面了。要是動作不快點，大長老就要被處死了。快走。」

「……你為什麼這麼做？」

「我已明白妳的力量，而且蕾蓮也在。倘若雙方同心協力，或許就能順利讓大長老逃脫了。」

「你是故意敗給我的？主天部下的身分只是扮好玩的？」

「誰曉得呢。這不是我能親口回答的事。」

大天使拉法葉真正的用意乃是「試煉」。

他要測試對手是否有資格前去對抗性情大變的天使長。而混沌種少女鈴娜則是交出了漂亮的答案卷。

「主天大人……完全變了一個人。一切都是從那時開始……」

「那時是指？」

「是名為切除器官的怪物。在那頭怪物現身後，天使長就變了。為此，我和維潔絲只能強忍思緒，等候良機。」

「精靈族的大長老是我等天使的老友，那位大人為何會想處決她呢？」

將戰斧倒放在地，乃是休戰的證明。

靠牆頹坐的戰天使維潔絲，眼裡滿是憂愁的氣息。

「人類啊，若是僅限此地的話，你們就是要往前行，我也會視而不見。」

「還真是準備周到。」

花琳手握的亞龍之牙則遲遲沒有解除架勢。

「與入侵者交戰，卻一時大意而戰敗——表面上向主君宣誓著忠誠，但背地裡卻是為營救同盟種族的行動暗中牽線。」

然而，戰天使也沒有無條件退讓的意思。

她確實對入侵者使出了真本事。花琳的全身上下都被戰斧颳起的風刃劃出了一道道血痕。

莎琪和阿修蘭也是。

藏身在走道暗處的兩人都猛喘著氣，以緊張的神情凝視著天使。

「妳……妳是說真的吧？臭傢伙，妳該不會嘴上這麼說，但一等我們背對妳的時候就出手偷襲吧！」

「————」

天使以手指輕撫戰斧。

巨大的武器在阿修蘭的面前逐漸消失。她徹底放開了武器。如此一來，她攻其不備的可能性也消失了。

「這……這下應該沒問題了吧，阿修蘭？」

「是……是啊……花……花琳大人，現在該怎麼做！」

「我是貞德大人的護衛。」

當然唯有前進一途。

而在回答的期間，花琳依舊沒將目光從維潔絲身上挪開。

「我在戰鬥中敗下陣來，就只是這麼一回事而已。」

「妳這是在縱放對手啊。若結果造成蠻神族的英雄戰敗，妳還能置之不理嗎？」

「…………」

聽到花琳語帶挑釁的回擊，戰天使的眼裡一瞬間燃起怒火。

但也只是一瞬間而已。

「我不認為人類辨得到那樣的事……然而，萬一真的發生了那樣的事態，那亦是主天大人種下的因果。」

最糟糕的狀況，乃是蠻神族因內部分裂而滅亡。

與之相比，主天艾弗雷亞即便敗亡，尚有讓種族再次復興的希望。這應該就是心腹得出的苦澀結論吧。

「預定計畫不變，以營救精靈族大長老為優先事項。至於和主天交戰的與否，則是交給貞德大人判斷。我們走。」

花琳對兩名部下使了個眼色，準備發足疾奔。

而就在前一秒。

——天使的臨死慘叫撼動了天使宮殿。

「主天大人？……不……不對……這是怎麼回事……這股法力是……！」

頹坐在地的戰天使彈了起來。

美麗的女天使露出了畏懼的眼神，仰望起頭上的天花板。

6

『觀測到蠻神族的英雄出現出乎意料的「動搖」，為禁忌單詞「希德」有關。』

『執行無座標化。』

『將英雄艾弗雷亞的「紀錄」自世界切除。』

天使的慘叫——

是被自己以「部下」稱之的怪物襲擊所發出的悲鳴。

「……妳這傢伙？」

位於翅膀根部的法力器官——亦即天使的要害之處遭到擰斷後，他隨即被按倒在地。

主天艾弗雷亞固然是一名高頭大馬的壯漢，但名為切除器官的怪物的力氣，卻又在他之上。

「妳叛變了嗎？」

「怎……怎麼著？那玩意兒不是同伴嗎？」

貞德和精靈愣愣地站著。

這時，在握緊了世界座標之鑰的凱伊眼前，天使周遭隨著「啵啵」的聲響現出詭異的黑渦，並一齊襲向天使。

「無座標化」。

消失。

被黑渦碰到的部位，就像是被橡皮擦擦過的文字般消失無蹤。

「——唔啊？」

全身遭到削切的天使發出瀕死的慘叫。

於全無防備下被襲擊要害，並在全無機會反抗的狀態下，天使的身影僅過不到幾秒鐘就徹底消滅殆盡了。

喀唧——

天使長所握著的法具孤伶伶地掉在冰冷的地板上。

「…………老身……究竟看了些什麼東西……」

精靈的全身發顫。

而身旁的貞德——甚至被關在棺材裡的大長老也是臉色鐵青。在場的人物之中，就只有凱伊面對眼前的怪物，還能擺出咬牙切齒的反應。

……完全一樣。

……那時的冥帝也是如此。

差異在於結果。

冥帝凡妮沙雖然遭受偷襲，但最後仍是成功反擊。

但主天艾弗雷亞卻不同。他深信切除器官是自己的部下，所以反應慢了一拍。這一瞬間的差異就讓他沒能反擊，直接落入了消滅的下場。

「————」

最後，地面上出現了一個黑色洞穴。

那宛如無底的沼澤，而有著人偶般外貌，四隻有所缺損的少女就這麼沉了下去。

蠻神族英雄就此消滅。

……主天艾弗雷亞消失了。

……這……這樣的結果能算是我們的勝利嗎？

就結果來說，存活下來的是凱伊一行人。雖然結束的形式過於匪夷所思，但如今最該先去做的，還是將精靈族的大長老營救出來。

所有人都是這麼想的。

——啪嚓。

直到有某物從地板上的黑洞爬出為止。

「………………」

那是有六片翅膀的天使。

也許是受到無座標化的影響，他身上的天衣已經破損得極為嚴重，但外型與消滅前別無二致的壯碩巨漢，仍是從沼澤般的洞穴裡爬了上來。

「你還活著嗎？」

「蕾蓮，別動！」

狀況不對勁。

察覺蠻神族英雄異狀的貞德，制止了精靈。

「仔細看他的翅膀。就我看來，他的羽毛似乎正在逐漸脫落……」

唰唰——

構成六片翅膀的羽毛正緩緩脫落。雖然在張開翅膀時，他也曾讓羽毛四下飛舞，但此時的狀況顯然不同。

力量正在消失。

就像葉片自樹枝落下一般，就像魁梧壯漢的肌肉逐漸萎縮一般。

失去羽毛的翅膀，從美麗的純白色——

變成了黯淡的土色。

「我乃艾弗雷亞之化身。我將就此以蠻神族英雄的身分重啟紀錄。」

意志的光芒從眼裡消失。失去羽毛的翅膀不復以往。他的眼睛底下冒出黑眼圈，臉頰變得削瘦，就連步履也變得蹣跚。

但即使如此——

「這異常的法力是怎麼回事……！」

翅膀的根部——

發出了比先前更為耀眼的光芒。就連凱伊都不禁望而生畏的聖潔光芒，從他的背上迸散而出。

「我乃艾弗雷亞之化身。」

失去翅膀的天使呢喃著。

主天——不對。

站在那裡的已經不再是天使，而是墜至地面的墮天使之姿。

「只需奉我為尊。諸天僅需我一人。」

墮天使艾弗雷亞。

他的變化之劇烈，已經不是能用「判若兩人」來形容的了。

遭到覆寫了。

看到他如今的模樣，凱伊腦裡首先浮現出的便是這樣的感覺。

……和世界遭到覆寫是一樣的現象？

……英雄的存在被覆寫過去了。是這麼一回事嗎？

「而我也理解了。」

他攤開雙手，仰望天空。

就像是以雙臂代替已然無法擺動的翅膀似的。

「我以外的一切——首先就該從骯髒伏地的蠻神族開始焚燒殆盡！」

這是宣戰布告。

墮天使艾弗雷亞，向所有的蠻神族(同伴)發布了「殲滅」的命令。

伊歐聯邦境內規模最大的祕境——

天使宮殿。而位於最深處亦是最高處的大廳「蒼藍真天」，乃是打通了牆壁和天花板的一處祭壇。

在這能全方位瞻仰深邃蒼穹的大廳裡——

「快住手吧，艾弗雷亞！」

精靈少女嘶啞的悲鳴響徹四下。

「汝……汝這幅悲哀模樣讓老身看了就難受！汝只是被那隻怪物煽惑了，快恢復正常吧！」

如此悲愴的心願。

在疾風的吹拂下溶於虛空之中。

「現在還來得及，老身一眾還能重修舊好。所以——」

「蕾蓮，快躲開！」

貞德拎起她的後頸，朝著身側一跳。

——樂聖「主上撕碎美翼墮墜大地，何其可嘆」。

轟——劇烈的大氣扭曲聲重擊了耳膜。

地板爆炸開來。白磁色的金屬地板化為碎屑，落向遙遠下方的古代樹海。若是貞德的營救行動再慢上一瞬，精靈少女恐怕就會隨著瓦礫摔向地面了吧。

「……艾弗雷亞，這是怎麼回事？」

凱伊代替單膝跪地的精靈，硬是讓乾涸的喉嚨擠出話聲。

「你剛才做了什麼？」

「——」

「**你的法具到哪去了**？為何身為天使的你，卻能在未持用法具的狀態下施展法術！」

沒錯。

身為天使的法具，已經在剛才受到無座標化的時候全數扔棄了。

用以降臨灼熱之劍的黃銅色指揮棒。

呼喚雷擊之雨的白銀色指揮棒。

破壞結界的三叉戟。

每一把法具都落在地面上。不僅如此，在受到無座標化攻擊的時候，他穿在身上的天衣也被扯裂得如同襤褸。

而剛才的墮天使艾弗雷亞，僅僅是對著蕾蓮揮下左臂而已。

「這便是答案。」

金屬被踩碎的聲響傳來。

他一腳踏爛了滾落在腳邊的指揮棒。

「此乃天之偉業。是我身為輝煌明星的力量──」

「不對！」

精靈巫女吼道：

「艾弗雷亞，快快清醒過來，那只是汝的錯覺！看看汝背上的翅膀，汝的翅膀可不正在哭泣嗎！」

精靈指向天使的翅膀。

原本雄偉美麗的六片純白翅膀，如今失去色澤，變得乾澀，萎縮變形。

這已不再適合用於飛上天空。

而翅膀之所以會變得如此，也是有理由的。

「看汝那削瘦的臉頰就能明白了。汝的力量並無強化，單純只是『預支』罷了。汝想必是爆發性地消耗了大量的法力……」

如今，墮天使體內的法力正熊熊燃燒，消耗至自身的極限。

若是以車子來形容，就是引擎過熱的狀態。無法承受這陣消耗的身體，從最接近法力器官的翅膀位置開始崩毀。

「汝受傷的翅膀正持續洩漏法力。汝之所以能在不用法具的情況下施放法力，不正是因為這樣的關係嗎？」

「——」

「無論是天使、精靈還是矮人都一樣。雖說妖精的狀況略有不同，但汝應該沒忘記我等會被劃為同一種族的原因吧？」

即使擁有法力器官，卻無法將法力向外釋放。

無法使用法術。單就這點來說，蠻神族與人類是完全相同的。為此，蠻神族才會打造武器，藉以發揮自身的法力。

「法具正是蠻神族的獨有物。汝不應以法具為恥，而是該感到自豪吧！汝忘卻了此事，為能不持法具使用法術一事感到歡喜，這豈不正是蠻神族之恥嗎！」

「不對。」

狂風如風暴般肆虐。

飄浮於蒼穹的雲朵急速匯聚、凝縮，在雲塔的底部微微閃耀著光輝。

……那是雷光。

……難道是剛才的雷擊嗎！

極為粗大的雷擊自雲層竄起，朝著眾人直落而下。

不透過使用法具，亦能發揮出在其之上的法術威力——若純論這點來說，墮天使艾弗雷亞確實超脫了天使這個種族的能力。

「雖然是個威脅，但若是單一法術，那還不足為懼！」

精靈舉起七層的守護布。

發出淡淡光芒的薄衣，承接了瞄準腦門砸下的雷擊。

無論雷擊的規模再大，蕾蓮的靈裝依然能同時承受七種法術的攻擊，並將之吸收抹消。

「蕾蓮，退下，別站到前面！」

「……咦？」

布帛撕裂的聲響傳來。

精靈珍藏的寶物之一——握在蕾蓮手裡的七色薄衣，在她的面前被劈成了兩半。

——樂聖「吾王啊，汝乃汝珍視的天之代理人暨審判者」。

「王劍神授」。

那是有著翼形劍柄的焰形劍。

那究竟是何時顯現的？暗血色的大劍散發著宛如鮮血垂落般的昏暗光芒，緊握在墮天使的手裡。

雷擊只是誘餌。

他用強烈的光芒吸引精靈巫女的意識，並趁隙接近。而他揮下的第一劍，便劈開了精靈巫女的法具。

「……怎麼可能。法術之劍……居然能貫穿老身的靈裝……！」

精靈肩部的皮膚遭到撕裂。

墮天使揮落的巨劍，將精靈的肌膚連同守護布一同劈裂。綠色的鮮血自精靈的肩膀泉湧噴出，著實觸目驚心。

「蕾蓮？」

貞德反射性地抱住了倒下的精靈少女。

但這是錯誤的選擇。

「蠢貨。」

接著貞德發出了慘叫。

趁著抱住精靈的破綻，墮天使之劍砍中了她。靈光騎士的盔甲宛如薄紙，從背部到側腹劈出了一道長長的刀痕。

「想掩護精靈，結果連自己也倒下了嗎？」

「……咕……！」

精靈與人類單膝跪地。

兩名少女已無力出聲，只能就此朝著地板倒下。

「消失吧。」

「艾弗雷亞！」

暗血色的焰形劍打算一舉刺穿兩名少女。而這一劍卻被凱伊的一斬彈向了上空。

「哦？你的劍——」

劍勢被打偏的墮天使冷笑道：

「**原來是這麼回事**。」

「**原來是這麼回事**。你那焰形劍的特性是……！」

人類與墮天使同時明白過來。

在交劍的瞬間，雙方都窺見了對手武器的一部分力量。

……墮天使的劍確實是法術沒錯。

……但為什麼能劈開蕾蓮的守護布？

七色衣裳發揮著結界的功效，能同時阻擋七種法術。就連廣範圍法術都能一併防禦這點來說，防禦性能甚至凌駕於世界座標之鑰。

那樣的靈裝為何會被攻破？

「因為是法術，所以刀刃能無限再生！」

「此乃天之偉業。」

墮天使將巨劍高高舉起。

王劍神授——蕾蓮的守護布正常地發揮功效，並擋下了七次刀刃的攻擊。

而艾弗雷亞在刀刃被損毀七次的同時，讓刀刃**再生了七次**。

於是第八片的刀身撕裂了靈裝。

「人類，你那把劍是怎麼回事？」

「…………」

「剛剛那一瞬間的接觸，就讓我的劍被摧毀了數百次啊。」

世界座標之鑰與墮天使之劍交擊——乍看之下僅是如此，但在接觸的那一瞬間，難以言喻的現象便重複上演了數百次。

凱伊的世界座標之鑰有著「切除命運」的能力。

為了切除撲向凱伊的死亡命運，世界座標之鑰消滅了墮天使之劍。而感應到這個狀況的墮天使，瞬間讓刀刃再生。

這樣的情況就這麼上演了數百回。

這是墮天使極大化的法力——燃燒了讓六片翅膀萎縮，肉體變得枯槁的大量法力才得以辦到的絕活。

「艾弗雷亞。」

凱伊對準墮天使蹬地衝出。

面對讓力量失控到極限，破壞了均衡的天使，凱伊依然挺身以對。

「巫女（蕾蓮）是衷心崇敬你的。」

「那是當然。」

「錯了。若是真正的你，應該不會把那個說成是『當然』吧？現在的你不是原來的你，就只是一具化身而已！」

「什麼都沒有改變，至少對人類（你）來說是如此！」

雙劍相交。

兩把劍劃破疾風，激烈地貼刃相抗。雙方的比拚不相上下。艾弗雷亞的上半身和臂力占了上風，而凱伊則是以腳力推了回去。

「……與我旗鼓相當？你那纖細的手臂究竟藏了多少力量？」

「這是當然。就算再擅長飛行，在以雙腳踏地的戰場上，就不會是你的舞臺了！」

只要稍有分心，就會被一口氣壓制。

凱伊咬緊牙關，以世界座標之劍彈回天使之劍。

……和我想的一樣。

法。

……就算對上的是天使，在比拚劍術方面也能不落下風。

對天使來說，以雙足觸地揮舞武器本該是異常狀況。但墮天使卻親手選擇了這種戰法。

為了獲得龐大暴虐的法力與法術，他犧牲了自己的翅膀。

「這種局面本來是不該發生的。你若是飛在空中，用法具單方面發動攻勢，那我就無從出手了。」

「…………」

「但只有現在狀況特殊。我要用上我的一切，代替伊歐聯邦的所有人類以及所有的蠻神族挑戰你！」

「哈！」

邪惡的嗤笑響起。

「所有的蠻神族？我才不需要那些脆弱種族！」

嗡──法力讓風嘈雜了起來。

被世界座標之鑰彈開的墮天使之劍，在匯聚更多的法力後變得更為巨大──從原本的焰形劍變化為雙手巨劍。

這巨劍的劍刃──

「太慢了。」

被凱伊的陽光色刀刃彈向了遙遠的上空。

「怎麼可能！」

「我說，你根本沒揮過幾次劍吧？」

「……什麼？」

「你以為讓劍變得巨大就能變得更強——這就是我推論的依據。」

刀身愈長，確實就能擁有愈長的攻擊範圍，但卻會加大揮舞的動作。而若想將雙手巨劍揮灑自如，就得做過足量的訓練。

……若他拿的是使慣的法具。

……若是掉在地上的三叉戟，那狀況又大不相同了。

自己（凱伊）的修練還沒有馬虎到會被不熟悉武器的對手占得上風。

技術的高下之分。

這也是花在修練上的時間與熱情的差異。純論這點來說，凱伊有著不輸給四種族英雄的自信。

「————」

墮天使表情扭曲。

凱伊的世界座標之鑰不僅能斬斷法術，其劍技也凌駕在他之上；既然處於法力超燃的狀態，那長期戰只會讓艾弗雷亞漸趨不利。

「想不到，居然到了下達這命令的一刻。」

「什麼？」

「崩毀吧。」

墮天使的短短一言，隨著空氣向外傳遞——

而天使宮殿隨即發出了崩毀的悲鳴。

凱伊所踏著的地板震動起來。

是地鳴嗎？但這裡可是遙遠的上空。就算與古代樹的樹頂相繫，地面的震動也不可能會傳到這裡。

「那是崩毀命令。這座天使宮殿即將崩塌。」

腳下——

原為地板的部分急遽凹陷，讓凱伊的姿勢登時一歪。

「看來連同你在內的無用之人，會全數就此墜向地面啊。」

「……咕！」

在身形失衡的狀態下，世界座標之鑰沒能承受住墮天使之劍，自凱伊的手中落下。

手背遭劍刃掃中，凱伊的右手被血染紅。他原欲伸出左手拾起，但世界座標之鑰卻被墮天使一腳踩住。

……這傢伙居然做到這種地步。

……就為了打敗我，居然真的要弄毀整座天使宮殿！

「消失吧，人類。」

呈渦狀盤旋的雲塔射出轟雷。

放開了世界座標之鑰的凱伊，已再無手段躲避從天而降的雷擊。

墮天使——

想必是這麼認定的吧。

「化為塵土吧。」

然而……

來自雲塔的雷擊，卻沒有落到凱伊的身上。

「……戰天使，汝這是在做什麼？」

少女蕾蓮浮在半空中。

而抱住她的，是理應在下層襲擊過他們的戰天使維潔絲。

「汝清醒過來的時間是不是有些晚啦！」

「…………艾弗雷亞大人。」

身為部屬的天使看到了事情的始末。

主君徹底走火入魔。

他不惜犧牲自己的翅膀，也要獲得扭曲的力量；而如今，墮天使更是為了打倒一名人類，而決定讓天使宮殿崩塌——

因此她做出了決定。

決定了自己要幫的究竟是哪一方。

「七姬守護陣……要挺住呀！」

精靈巫女蕾蓮，對著半空祭出了破損的靈裝。

七色衣裳吸收並分解了來自空中的雷擊。至於毀損嚴重以至於無法接下的部分，則是由抱著她的戰天使張開翅膀抵禦。

「該死的。你們居然——」

「你在看哪裡？」

月光色的箭矢，貫穿了瞪視蕾蓮的墮天使胸口。

「……少小瞧……人類的毅力了！」

靈光騎士貞德單膝跪地。

在護衛花琳撐著她背部的姿勢下，騎士用盡全力，射出了這一箭。

「咕！」

墮天使艾弗雷亞向後一仰——若主天艾弗雷亞的守護結界處於萬全狀態，那這一擊理當傷不到他分毫才是。

這是將所有法力全數灌注於攻擊法術的代價。

「這下就結束了，劣等種族！」

咆哮。

讓力量失控，破壞均衡的天使，依然沒有倒下。

所有的生命力轉化為法力。他不僅發動了讓法力器官連同翅膀一同枯竭的過剩力量，而貞德剛才給予他的一擊更是讓殺意倍增。

然而。

墮天使沒有發現——不，是漏算了一件事。

「是啊，要結束了。」

他漏算了離自己最為接近的人類。

世界座標之鑰依然被艾弗雷亞踩在腳下。凱伊不僅手中無劍，甚至連手槍或匕首都沒有。

「你這傢伙……？」

沒必要放在眼裡的人類。

然而，之所以能在一瞬間收起這份粗心，肯定是艾弗雷亞這名天使與生俱來的強大所致。

他要用全力——用這最強之劍將之消滅。

「竟然還敢垂死掙扎，消失吧！」

墮天使之劍劈裂了天空。

凱伊沉腰屈膝，以幾乎貼地的姿態躲過了劈落而下的暗血色劍刃。

消失吧——一如他的預言，在墮天使艾弗雷亞的眼裡，凱伊應該像是遭到了消滅吧。

「墮天使，我馬上要讓你的天地為之顛覆。」

「……什麼？」

「而你絕對防不了這招。」

人類為了挑戰四種族而鍾鍊的技巧。

赤手空拳。在凱伊於正史所隸屬的人類庇護廳，學習「以四種族為假想敵的格鬥技」乃是人類的義務。

——踢擊。

凱伊以全力踢出的腳刀，同時掃中了墮天使艾弗雷亞的雙腿。

雙腿被絆的墮天使，以後腦杓著地的姿態摔倒。

當然，這對強壯的天使來說無法造成外傷。

然而，「他的天地為之顛覆」。對於以天使身分降生至今的艾弗雷亞來說，這樣的經驗是一種未知的衝擊。

無法理解。

無法明白自己遇上了什麼狀況。為何自己的後腦杓會摔到了地上？

……這是對原本的主天艾弗雷亞毫無效用的招式。

……因為天使是有翅膀的啊。

只需在被絆倒前浮上空中即可。

然而。

失去翅膀的墮天使，在獲得力量的同時，也失去了天空。

「————」

天地倒轉。

正因為身為距離天空最近的天使，是以艾弗雷亞無法對這未知的攻擊反應過來。他無法理解背部摔到地板時所感受到的衝擊。

然後——

撞上地板的背部，也包括了對天使來說堪稱要害的法力器官。

「選擇墮天的瞬間，就注定了你的敗北啊，蠻神族（艾弗雷亞）英雄……」

凱伊的拳頭砸下。

胸口受到的衝擊進一步傳導至背部，貫穿了法力器官。六翼墮天使自此不再動彈。

——分出勝負了。

早已超出負荷的墮天使法力器官，在挨上這一擊後徹底停擺了下來。

無法動彈。

不動的天使睜著雙眼，仰臥在地。

這時，他忽然以潰堤之勢猛力咳嗽，吐出鮮血。

「艾弗雷亞大人？」

戰天使維潔絲從空中急速下降。

對於企圖跑向主君身邊的部屬——

「——————離開我……維潔絲！」

傳出了制止之聲。

「…………不……可以……靠近我！」

喊出這些話的，正是天使之長本人。

仰躺在地的他，完全動彈不得。在耗盡全身法力後，他的翅膀枯萎，法力器官想必也是千瘡百孔。

然而，他的話聲中卻帶有力量。

「像我這樣的愚昧之人……已經……沒有受你們仰慕的資格了……」

那是能感受到個人意志的有力口吻。

「然後……抱歉，吾友……我……失去理智了……」

十字架碎裂開來。

血色棺材消失無蹤，精靈的大長老獲得了釋放。

「這裡很快就會崩塌。各位，快去避難……快點！」

嗚動震撼著地板。

這座大廳的邊緣已經開始崩塌，墜向遙遠下方的古代樹海。

此時，一名魁梧的天使直直衝到了主君身邊。

「艾弗雷亞大人？」

「吾主……！」

「大天使拉法葉，我給你添了許許多多的麻煩……就麻煩你代替我照顧同伴了。不只是天使，也要顧全與精靈……矮人……和妖精的……關係——」

劈哩——某物碎裂的聲響傳來。

那是主天艾弗雷亞的身體石化，開始碎裂崩壞的聲響。

「艾弗雷亞大人？」

「這是我自作自受，並非那個人類所為，各位可要銘記在心。」

精靈族的大長老，然後是維潔絲和拉法葉。

就連到不久前都還刀刃相向的精靈巫女蕾蓮，也被艾弗雷亞依序掃視過了一遍。

「蠻神族（我們）所該對付的另有其人。然後，人類，聽好了……！」

喉嚨遭受石化。

即使處於難以開口的狀態，天使仍是擠出了話聲。

為了向凱伊傳遞訊息。

「人類，你開口問過了吧。我……我知曉那件事。明明都受了希德之託，我居然還踏上了這條歪路。」

「唔！那是怎麼回事？希德託付給你？」

和冥帝凡妮沙的反應可說是如出一轍。

在被無座標化消滅之前，他種族的英雄想起了和希德有關的記憶。這樣的共通點究竟是怎麼回事？

「你也和冥帝一樣嗎？你對世界輪迴知道多少！」

「——那東西存在。不對，是『理應曾經存在』。希德是這麼和我說的。」

有某物。

有某物「理應曾經存在」嗎？

「去找出來！」

身體逐漸崩潰。

在部屬天使的守望下，蠻神族的英雄深深呼出一口氣。

「世界輪迴與切除器官息息相關。真凶是……將其招來之人。」

即使如此，天使的眼神——

也沒有從人類(凱伊)身上挪開。

「我不得不承認你的表現。」

「咦？」

「我……都看在眼裡……看到你守護蕾蓮，向我挑戰時露出的赴死眼神。明明是與自己為敵的精靈，你卻願意以身為盾。」

「唔！」

精靈巫女恍然大悟地抽了口氣。

蠻神族被人類挺身守護——對於這原本絕無可能出現的狀況，蕾蓮似乎是聽了主天艾弗雷亞的話語才有所自覺。

「想不到我們居然會因為人類而獲救……然而，這也是世界的意志吧。」

蠻神族的英雄威嚴十足地嘆了口氣。

「我們種族視一為全。我們不會遺忘同伴被殺之仇，也不會忘記同胞受助之恩。因

此，人類，我不得不認同你。而也因為如此——」

他閉上眼睛。

強壯的天使肉體石化崩潰，在風化之中化為塵埃消失。

「拜託你了。請你將纏繞著世界的憎恨……加以摧毀……！」

肉體消滅殆盡。

而這便是蠻神族英雄所說出的最後一句話。

而在半小時後。

艾弗雷亞的城堡——天使宮殿墜落，就此消滅。

Epilogue

Chapter:

最後的兩人

Phy Sew lu, ele tis Es feo r-delis uc l.

1

伊歐聯邦．第八都市卡西歐沛亞——

人類反旗軍的基地。

在二樓的辦公室裡，皇帝但丁正眺望著在地面上歡騰談笑的部下。

「您身體可安好無恙？」

但丁轉身望去，只見眼前站著傑夫本參謀。

他是協助創立伊歐人類反旗軍的老練傭兵。曬得黝黑的肌膚和久經鍛鍊的身體，讓他即使年過五十，還是給人強韌如鋼的印象。

「哪有什麼安好，你看我像是沒事的樣子嗎？」

「…………」

「在精靈森林吸了毒花粉後，我可是狼狽得連續睡上三天三夜。目前身體還是相當沉重，光是這樣站著，膝蓋就要打顫了。」

於精靈森林遭到釋放後，已經過了兩天。

在前天夜裡，但丁在昏迷的狀態下被人類反旗軍用軍車載回基地，而他是到昨天才恢復意識的。

但說起來，眼前的參謀傑夫本也是一樣。

「我才要問你。」

「……您的意思是？」

「你的身體狀況如何？我要問的是這個意思。」

聽到指揮官的這句話，頭髮斑白的老兵像是搞不清楚狀況似的，半張著嘴呆立在地。

「那是什麼反應。你對我關心部下身體狀況感到意外嗎？」

「絕……絕無此事！陛下的關懷，讓屬下感激涕零！」

「哼，一開始這麼回答不就好了。」

但丁再次轉身背對老兵。

房內寂靜了一小陣子。

房間角落設有壁鐘，只聞秒針的滴答聲緩緩響起——

「是命運的天之驕子啊。」

「……陛下？」

「我的信條是不打會輸的仗。因為這只會浪費時間、勞力和資源啊。」

這句話的意圖究竟為何？

伊歐人類反旗軍指揮官所說的「仗」，是指與蠻神族之間的戰爭嗎？在自問自答了一會兒後，傑夫本參謀慎重地開了口：

「陛下是優秀的指揮官，但這回是貞德閣下技高一籌。應該就只是這麼一回事。」

「沒錯，我犯了不該犯的錯。」

但丁苦澀地咬緊牙關。

「我似乎是挑錯找碴的對象了。」

「…………」

「參謀，我原本以為這個世界不存在人類的英雄，所以認為自己有那樣的機會——我以為我能以這座伊歐聯邦為起點，率領全世界的人類反旗軍。」

「屬下明白。」

「但結果又是如何？我失去意識的期間僅有四天，但在我醒來之後，那個名為貞德的男人竟然已經和蠻神族締結完休戰條約了。」

將皇帝從精靈森林的深處救出，還簽訂了休戰條約。

實在是有些難以置信。

這究竟是本人的威光所致，還是坐擁優秀部下的關係？

但丁已無從得知。

「那傢伙已經離開基地了嗎？」

「是的，在今天早上，他帶著數名部下前往精靈森林了。想必會在今晚回來吧。」

與精靈族大長老執行契約儀式。

這是人類與蠻神族首例休戰協定。就皇帝暗自規劃的計畫來說，前去參加這場儀式的應該是自己才對。

被人搶走了關鍵角色的位置？

不對，他已經沒有與之競爭的心情了。

畢竟一如方才所說，不打會輸的仗乃是但丁的信條。

「我頭一次看到了『真貨』。那就是能改變世界命運的寵兒啊。」

「……是的。」

「那傢伙若是能為這荒唐的世界局勢帶來改變，那我也只能樂見其成了。雖說沒能走上舞臺的中心，還是讓我多少有點火大就是了。」

靈光騎士貞德——

是否能成為被四種族欺凌的人類的解放者？

「就這麼一次。雖然教人不快，但你獲勝了，靈光騎士。」

「…………」

「參謀，這段話可別對那傢伙說。」

「銘記於心。」

皇帝側眼瞪著深深低頭的部下，坐回自己的椅子。

2

古代樹海。

精靈所居住的森林裡，洋溢著大規模的寂靜氣息。

兩天前——

原以為天使宮殿的墜落會對樹海造成嚴重的災害，但絕大部分的瓦礫最後都沒有落到地面上。

「稍微明白為何精靈（老身一眾）會奉森林為聖地了嗎？」

在獸徑上頭。

身穿破破爛爛的七件式和服的精靈，以得意的神情指向頭頂。

古代樹——

長著粗大而強韌葉片的樹群，幾乎承接住所有從空中墜落的物體。

精靈村莊沒有發生災情，而凱伊一行人也在毫無緊張感的狀態下迅速完成了撤離。

那已經是前天的事了。

「鳥群雖然受了驚嚇，但應該很快就會回來吧。」

「那**巨大的鳥群**呢？」

「目前藏身在精靈的村莊，畢竟也有需要療傷的存在呀。」

說著，精靈少女嘆著氣露出了苦笑。

「雖然沒辦法對人類（汝）道盡細節，但天使與精靈的關係並沒有變化，與矮人和妖精也是如此。」

「嗯，知道這些就夠了。」

「……穿過那個樹叢就能抵達精靈村莊了。但在這之前，凱伊──」

走在前方的蕾蓮停下腳步。

而仔細想想，這名精靈用「汝」以外的方式稱呼自己，似乎還是頭一遭。

「老身有事相問。那個叫鈴娜的丫頭不是人類吧？」

「是啊。」

這沒辦法含混帶過。

精靈能感應法力，而矮人的嗅覺靈敏。從踏入精靈村莊的那一瞬間，他就做好了遭到識破的心理準備。

「起初，老身以為那丫頭也是別族派來的斥侯，就像精靈的裘比芮那樣，是某個種族的幕後黑手指派她扮成人類，但她的表現卻與老身想像得不同。那個丫頭似乎是真的很黏你啊。」

「是啊，我有感覺到她很信任我。」

「老身明白了，既然如此，老身也不會追問下去。」

「這樣好嗎？」

「要是隨意打草驚蛇，只怕會讓蠻神族再次挨傷，而主天閣下也不樂見這種狀況。雖說對那丫頭和拉法葉閣下的壯烈對決也讓老身很是在意……但發問就到此為止。」

精靈聳了聳肩。

不過，她很快就收起了輕挑的動作。

「還有，老身討厭一直欠人類人情不還，所以就先講明白了——這次感謝你的協助。這是老身第一次向敵對種族低頭，也會是最後一次。」

「沒什麼好感謝的，這不是契約上的內容嗎？」

為了釋放但丁指揮官，營救被抓住的精靈族大長老。

凱伊只是達成了這樣的交換條件罷了。

「你制止了主天閣下的失控，這可不是記載在契約上的項目。」

「…………」

「恢復清醒的主天閣下在最後託付給汝的話語，老身雖然聽不明白……但總覺得那位大人的話聲洋溢著滿滿的力量。」

最後的瞬間——

在化為塵埃的前一刻，主天艾弗雷亞對著凱伊這麼說：

『拜託你了。請你將纏繞著世界的憎恨……加以摧毀……！』

……真沒想到。

……我居然會受託於蠻神族的英雄。

傳言的內容難以捉摸。

他和蕾蓮一樣，沒辦法完全理解那番話的意涵。但儘管如此，在那一瞬間，自己和主天艾弗雷亞似乎跨越了敵對的立場，讓彼此的意識串連在一起。

「咳咳。」

精靈清了清嗓子。

「可別對村裡的同伴說這些事。要是有人知道精靈對人類道謝，可是會演變成大騷動的。老身也得顧及自己的立場啊。」

蕾蓮有些尷尬地說道。

「可要保密啊？」

「我知道了，我也沒打算和別人說。」

「甚好甚好，這樣才像話呀！好啦，咱們要回村子去了，跟老身來。」

放鬆臉上表情的精靈邁步前行。

精靈的村莊——

兩棵巨大的古代樹左右矗立，形成了村莊的入口。這時，兩名少女一同注視自己的光景，映入了凱伊的眼裡。

「啊——凱伊回來了。這裡這裡！」

只見鈴娜朝氣蓬勃地揮著手。

而她身旁的貞德，則是作平時的騎士打扮，顯得相當鎮定。

「你回來得真慢啊，凱伊，我和鈴娜可擔心了。」

「抱歉。我原本只是要去看看天使宮殿的殘跡，但蕾蓮在帶路的時候一直熱情地幫我介紹各種風貌。」

「多……多嘴！別說些沒必要的話！」

面紅耳赤的精靈喊道。

「這就先姑且不提。那個人類應該已經回去了吧？」

「他昨天就回去了，我剛剛也收到了部下的聯絡。」

貞德的手裡握著通訊機。

似乎是剛好在自己(凱伊)回到村子的時候聯繫過了。

「聽說他目前表現得很安分。這回他似乎也不得不選擇忍耐了。此外，對他下過的藥似乎清乾淨了。」

「我記得那好像是精靈調製的藥？」

指揮官助理裘比芮，在他的餐食裡混入了少許的興奮劑。

那原是用於戰鬥的興奮劑，但若是持續服用的話，便會讓言行舉止變得粗暴。似乎是因為每天讓他服下這種藥物的關係，才會讓皇帝的行為變得如此暴躁。

……聽說皇帝但丁從小就是個囂張跋扈的人物。

……所以就算變得比平時暴躁，部下也看不出來啊。

這與主天艾弗雷亞剛好相反。

正因為平時的個性沉穩誠實，所以在蠻神族英雄性情大變的時候，其他的天使和精靈才能即時察覺他的異狀。

「對了，說到調製的藥──」

服用精靈之藥的不只有皇帝一人。

凱伊在腦海裡描繪著前天的戰鬥過程，轉向男裝指揮官說道：

「貞德，妳的傷勢如何？妳早上好像還在喊痛啊。」

「不礙事。雖然早上還感覺得到痛楚的時候有些不安，但如今已經可以像這樣自由自在地在森林裡散步了。」

男裝騎士輕撫著自己的盔甲。

貞德所穿戴的盔甲雖是以堅固的金屬打造，但背部到側腹仍是留下了一道觸目驚心的銳利斷痕。

那是墮天使之劍所為。

是她在挺身袒護蕾蓮時所受的傷。事實上，在撤離天使宮殿時，貞德已經是處於一步也走不動的疲憊狀態了。

「就連肌膚的疤痕也幾乎要完全消褪了。精靈的調藥技術實在讓人吃驚。」

「這是當然！」

蕾蓮得意地挺胸說道：

「這可是老身親手調製的。若連抹去疤痕都辦不到，可就愧對巫女的名號了。貞德小毛頭，汝可再多感謝一些。」

「但若不是要保護妳，我也不至於會受傷了啊。」

「唔。這……這是……哎，確實是這樣呢，看來彼此彼此啊。」

聽到貞德的嘆息，精靈登時氣勢大減。

這時——

尖。

「話說回來，貞德小毛頭，老身有個疑問。」

精靈凝視著騎士。她並沒有抬頭仰望，而像是在細細打量似的，從頭頂一路掃視到了鞋尖。

「前天在幫汝療傷的時候，汝不是脫掉盔甲光著身子嗎？」

「……是……是啊。」

在回答之前，貞德似乎偷偷瞥了凱伊一眼，這應該不是他的錯覺吧。她之所以會回答得吞吞吐吐，是因為身旁有異性（凱伊）的關係吧？

「汝是雌性吧？」

「什麼？」

「是指生物方面的定義。畢竟老身對區分人類的雌雄沒什麼自信呀。老身原本一直以為汝是一名男人，結果脫掉衣服後，那底下的可真是——」

「別往下說啦！」

男裝騎士的喉嚨迸出了拔高的尖叫聲。

「妳……妳突然在說些什麼啦……對……對啦，這才是我原本的聲音。怎麼樣？我聽說精靈的耳朵很靈，這樣應該就分得出來了吧？」

「哦，這下確實能分辨了。」

蕾蓮靈巧地動著耳朵回應。

「汝為何要假扮成雄性？」

「是為了作戰需要啦。雖說沒辦法對敵對種族說得太詳細，但指揮官還是讓男性來當比較方便喔。」

「哦。這是精靈所沒有的概念呢。」

「沒錯……不過我雖然的確是女人，但性別只是無關緊要的小事。我身為指揮官，得一視同仁地接待底下的男女部下呢。」

不愧是身為指揮官，她將這番話語說得振振有詞。

然而，貞德太過專注於對話，以至於沒注意到——在她說明到一半的時候，鈴娜就悄悄來到了她的身後。

「貞咪！」

「呀啊！鈴……鈴娜，妳幹麼啦？」

「……唔——」

鈴娜從貞德身後緊抱了上去，沒有想鬆手的意思。毋寧說，她把貞德抱得愈來愈緊了。

「貞咪，說謊是不對的。因為我很清楚呀。」

「咦？妳……妳說我說謊……」

「貞咪在打凱伊的主意！」

「又提這件事？我都說那是誤會了啦，鈴娜，快點放開我好嗎？」

「不要，我不放！」

鈴娜用力地抱住了貞德。

就凱伊來看，眼前是兩名可愛的女生正在小打小鬧，但對當事人來說，她們似乎正面對著一場嚴肅的唇槍舌戰。

「哦。鈴娜小丫頭，汝說的『打凱伊的主意』是什麼意思？」

「貞咪她啊，只要我一個沒注意，就會立刻想和凱伊獨處。所以不好好看守的話會很危險的。」

「這是抹黑啦！我和凱伊講話的時候，都是秉持著指揮官的身分攀談的不是嗎！」

「——貞德小丫頭，所以是這麼回事吧。」

精靈巫女的眸子發亮。

「汝想讓凱伊成為未來的夫婿。什麼嘛，說什麼性別只是無關緊要的小事，汝這不是已經瞄準了獵物虎視眈眈嗎？」

「為什麼結論會變這樣啦——！」

慘叫聲響徹了精靈森林。

「凱……凱伊，不是啦，那個……不是我的本意……」

「總之，妳們三位——」

從身後抱著貞德的鈴娜，以及出言調侃的蕾蓮——凱伊插進了三名種族相異的少女的對話。

——剛剛的話就當作沒聽見吧。

在這麼下定決心後，凱伊伸手指向精靈村莊的入口。

「精靈族的大長老是不是在等我們啊？」

「正……正是如此！」

靈光騎士清了清嗓子說道：

「我們接下來要面對的，是一場跨越種族藩籬的重要對談，可不是在這裡閒話家常的時候。」

「貞咪，妳臉好紅。」

「好，我們走吧！」

貞德像是要逃離鈴娜似的邁開腳步。

左右成對的古代樹成了村莊的正門。雖說有兩名精靈以守衛的身分站在中央處，但即使看到人類，他們也沒有要擺出備戰姿勢的樣子。

雖說有蕾蓮同行也是理由之一，但最重要的原因，還是因為一行人是成功將精靈族的大長老從天使宮殿救出的人類吧。

「關於休戰協定，汝等應當不用操心才是。」

精靈巫女從貞德身後對她說道：

「老身昨天已經向大長老確認過意向，若非如此，老身也不會表現得如此悠哉。人類（你們）也是如此吧？」

「……是啊。我們和伊歐人類反旗軍商量過了。」

如此回答的貞德，身旁並沒有總是同行的花琳。這是因為花琳此時身在精靈村莊裡，正以大使的身分與蠻神族商議細節。

「還有凱伊呀，老身昨天也說過了，咱們的大長老想與你好好聊聊。她似乎對某些事掌握了些許資訊的樣子。」

「嗯，我沒問題。畢竟我也有事想問她。」

「好，那就跟上老身吧。」

蕾蓮超前貞德，在村莊裡邁步前行。

為期一年的休戰契約——

「伊歐人類反旗軍和蠻神族，互不侵犯目前的領土」。

聯邦大部分的領土，目前仍處於蠻神族的支配下。

至於對伊歐人類反旗軍來說，第八都市卡西歐沛亞乃是唯一的據點，也是他們希望能優先保住的領土。

……精靈這邊有裘比芮在。

……只要蠻神族有那個心，隨時都能攻進人類反旗軍的基地。

在簽定這次的休戰後，伊歐人類反旗軍也少了這層顧慮。

而蠻神族也不想在這個節骨眼上與人類開戰。即使能擊潰伊歐人類反旗軍，他們也不想在精疲力竭的狀態下被聖靈族或幻獸族盯上。

雙方的想法是一樣的。

「對啦，凱伊。雖說沒寫在休戰的契約裡，但汝可別忘了那件要緊事啊？就是關於主天閣下的——」

「我知道，我不會說出去的。」

伊歐人類反旗軍還不知道主天艾弗雷亞的狀況。

畢竟若要說明主天艾弗雷亞性情大變的始末，就得解釋切除器官那神祕怪物的存在。

然而，有誰能相信那種怪物的存在？

為此，主天已然消滅的事實，目前仍未透露給伊歐人類反旗軍知情。

共享這份祕密的就僅有闖入天使宮殿的六人——亦即凱伊、鈴娜、貞德，以及花琳、莎琪和阿修蘭。

精靈村莊裡的廣場。

在凱伊抵達的時候，花琳、莎琪和阿修蘭正在與大長老對話。

而樹上也有著人影——

「抱歉啊，汝等或許會有些不自在，但此事攸關蠻神族全體的權益，是以有不少人對此關切。」

那是精靈、矮人、妖精和天使。

每一族都像是要包圍廣場似的，黑壓壓地在樹幹上並肩而坐。

壯觀。雖說是訂定休戰條約的場地，但被如此之多的敵對種族坐在上頭監視，果然還是會有不小的壓迫感。

「感謝你們特地前來。」

說話的是精靈族的大長老。

她身穿宛如好幾層植物藤蔓交疊而成的衣服——以人類來說，這種款式相當奇特。而就外表來說，她看起來與凱伊或貞德的年紀差不了多少。

而她的身旁也站著與鈴娜交手過的大天使拉法葉。

「關於休戰，我們剛才已與這幾位人類締結了條約。」

大長老的視線投向花琳。

即使被眾多蠻神族包圍，這名女戰士依然是穩若泰山。

「我們不像人類那樣，有著用紙記錄事情的習慣。我們總是以自身作為契約的證人，而在場的所有人亦如是。」

大長老仰望著蠻神族。

「在今後的一年內，人類不得進入這座樹海；而我們則不會進入人類的都市。這樣就可以了吧，人類的指揮官貞德？」

「沒有問題。我也向伊歐人類反旗軍取得了承諾。」

「我明白了。還請千萬不要違背契約。」

這句話既是對人類訴說。

也是在提醒樹上的同胞吧。

「不過，我的目的並不是要確認契約的內容，之所以要安排這樣的場地，主要還是因為想向你詢問一些事情。」

「嗯，我也有話想問妳。」

聽到投向自己的話語，凱伊輕輕點頭回應。

「但我話先說在前，關於切除器官，我在前天就已經開誠布公了。」

「我聽說首先遇襲的是惡魔族的英雄，其後是蠻神族的英雄……關於後者的部分，我也親眼目睹了整個過程。」

精靈族的大長老以嚴肅的神情斂起嘴角。

「主天閣下首次將那個怪物領來，並宣稱她是新收的部下，應當是約十年前的事吧，大

天使閣下？」

「不會錯的。而那也是我們失職所招致的事態。」

巨漢天使苦澀地回應。

「那是發生在十年前，在座各位都知曉的事件。當時，**那名英雄**出現在伊歐聯邦的國境線上。」

「**那名英雄**？」

貞德回問道。

這是連凱伊或鈴娜都不曉得的情報。

「那是幻獸族的英雄——『牙皇』拉蘇耶。那隻野獸孑然一身，在沒帶部下的情況下穿越國境。為了制止對方，我等之長決定出馬。就結果來說，由於主天大人的現身，牙皇（拉蘇耶）就此退回了國境之外。」

主天艾弗雷亞擊退了其他種族的英雄。

然而，這麼開口的大天使，語氣卻顯得相當沉重。

「回顧起來，當時其實就已經有了徵兆。在主天大人抵達現場時，與其說是擊退了對手，不如說是……」

「事前早有串通——亦或是相談甚歡。我是這麼認為的。」

接口的精靈族大長老，臉上也籠罩了一層陰霾。

「在打過照面後，雙方便放聲大笑……當時的我實在是難以相信。對於敵對種族——尤其是越過國境，企圖侵略領土之人，竟能如此寬心以待。而名為切除器官的怪物，似乎也是在那個時候現身的。」

「沒錯。我等之長陪伴那切除器官的時間，遠在與我們天使同胞相處的時間之上。但沒想到她竟會——」

名為切除器官的古怪異種族，並不是主天的部下。

……是假裝成部屬，藉機觀察主天艾弗雷亞嗎？

……冥帝凡妮沙那時候也一樣。若是要在那個時間點現身的話，就得持續監視冥帝才行。

監視英雄的怪物。

但那是為了什麼？而另一個問題是，將監視的對象從「監視」轉為「攻擊」的條件為何？

剩下的英雄還有兩名。

幻獸族的英雄「牙皇」拉蘇耶。

聖靈族的英雄「靈元首」六元鏡光。

若冥帝的話語可信，那覆寫了正史的「世界輪迴」元凶就是這二者之一。然而——

犯人若真在四英雄之中，那切除器官又是為了什麼目的而行動？

……這只是我在與主天艾弗雷亞交手時閃過的想法。

……但若不能掌控切除器官的真面目，世界就不可能變回原貌。

監視英雄的種族「切除器官」。

除此之外，還有另一個難解之謎。

『拜託你了。請你將纏繞著世界的憎恨……加以摧毀……！』

自己（凱伊）一直對這句話感到不解。元凶若是四英雄之一的話，主天為何不直接說出姓名？

冥帝說，「這個世界的元凶是四英雄之一」。

主天說，「要摧毀纏繞這世界的憎恨」。

——**主天和冥帝的證詞互有矛盾？**

唰——

一股讓凱伊反射性屏住呼吸的冷冽寒氣撫上了後頸。

明明就只差一步了……

剩下兩名英雄的其中之一。明明已經沒有其他的元凶人選了，但這種彷彿於無垠黑暗中前行的噁心感是怎麼回事？

「不只要尋找世界輪迴的元凶，還要釐清切除器官的真面目啊……」

在吁出長氣的同時，凱伊緊握了拳頭。

他的目的是「取回正史」。然而，這條路上所要解開的謎題又增加了。總之得先找出世界輪迴的元凶。

然後查清楚切除器官究竟與之有何相關。

這時——

「人類的指揮官啊，我有事相問。」

精靈大長老的眼神投向貞德。

「你似乎打算繼續遠征下去呢。你會為了擴張人類的領土，而向聖靈族和幻獸族發起挑戰，是這樣對吧？」

「…………」

正如大長老說言。

貞德的眼神早已投向了遙遠之地——投向剩餘的兩座聯邦。

被幻獸族支配的西側修爾茲聯邦。

被聖靈族支配的南側悠倫聯邦。

從這兩處決定去向。雖然何者為先得看今後的商議結果，但若是要調查主天艾弗雷亞性情大變的原因，那應該就是前往牙皇拉蘇耶所在的西側聯邦吧。

不過——

此事不能讓敵對種族得知。

「不好意思，我不能全盤托出。」

「這我明白。趁著你自伊歐聯邦撤出的期間，蠻神族也有可能撕毀休戰條約──你是這麼想的對吧？」

「…………」

貞德沉默不語。

這並非否定的意思，而是完全被大長老說中了。

在精靈的密探裘比芮的活躍下，伊歐人類反旗軍的狀況已經昭然若揭。要是蠻神族揮兵進攻的話，就沒有阻止的手段了。

「我也有話想問。為何妳會想知道我的動向？」

「因為我想讓蠻神族的代表與之同行。」

「什麼？」

貞德和花琳同時揚起了眉毛。

就連待在凱伊身旁，原本表現得置身事外的鈴娜都露出了驚愕的神情。

「……我需要更進一步的說明。」

「蠻神族不會忘記同伴被殺的仇恨。我們想知道主天闍下究竟發生了什麼事。」

主天艾弗雷亞變了一個人。

既然掌握此事的關鍵落在幻獸族英雄拉蘇耶手上，那蠻神族也會想釐清真相吧。

「聖靈族與幻獸族——無論是針對哪一方，蠻神族都擁有著充沛的知識。在同行的過程中，我方就提供你們這些知識吧。」

「這就是同行的報酬嗎？不過……」

貞德會支吾其詞也是所當然。

讓精靈與人類的部隊同行？這可是前所未見的例子。就是凱伊所知曉的正史之中，英雄希德也不曾率領過其他種族的部隊。

「南與西。無論是前往哪一處，都得穿越伊歐聯邦吧？這即是代表要穿過蠻神族的森林和草原呢。」

「唔！」

「這對人類來說似乎是有些吃力呢。」

「……我明白了，經妳這麼一說，我們的確需要嚮導。」

貞德露出了無奈的苦笑。

與烏爾札聯邦不同，蠻神族的巢穴遍及伊歐聯邦的全土。若是要穿越深邃的森林，想必會需要精靈帶路吧。

「就有勞妳協助了。」

「唔嗯，不過大長老，汝可真是毫不留情呀。」

出言打岔的——

是交抱雙臂的巫女蕾蓮。

「蠻神族的同行者，就等於是送到人類底下的人質吧？要是咱們打算反悔休戰一事，那人就會遭到人類處決。是要讓誰擔任這個活祭品呀？」

「就是妳喔？」

「原來是老身呀，那就沒辦法…………哎呀？」

「我要讓妳同行。這是我剛剛決定的。」

「給老身等一下！」

精靈少女彈起身子。

「且慢且慢且慢，大長老，這是怎麼回事呀？老……老身可一個字也沒聽說呀！」

「我不是說了，是剛才決定的嗎？」

「為何偏偏是老身呀！」

「因為——」

精靈之長將手指向發出慘叫的當事人。

「妳從剛才就一直沒有要從那個名為凱伊的人類身旁離開的意思呀。」

「唔？」

「在精靈(我)與人類(他們)的交涉過程中，我以為妳會立刻站到我身旁的，結果卻一直待在人類的

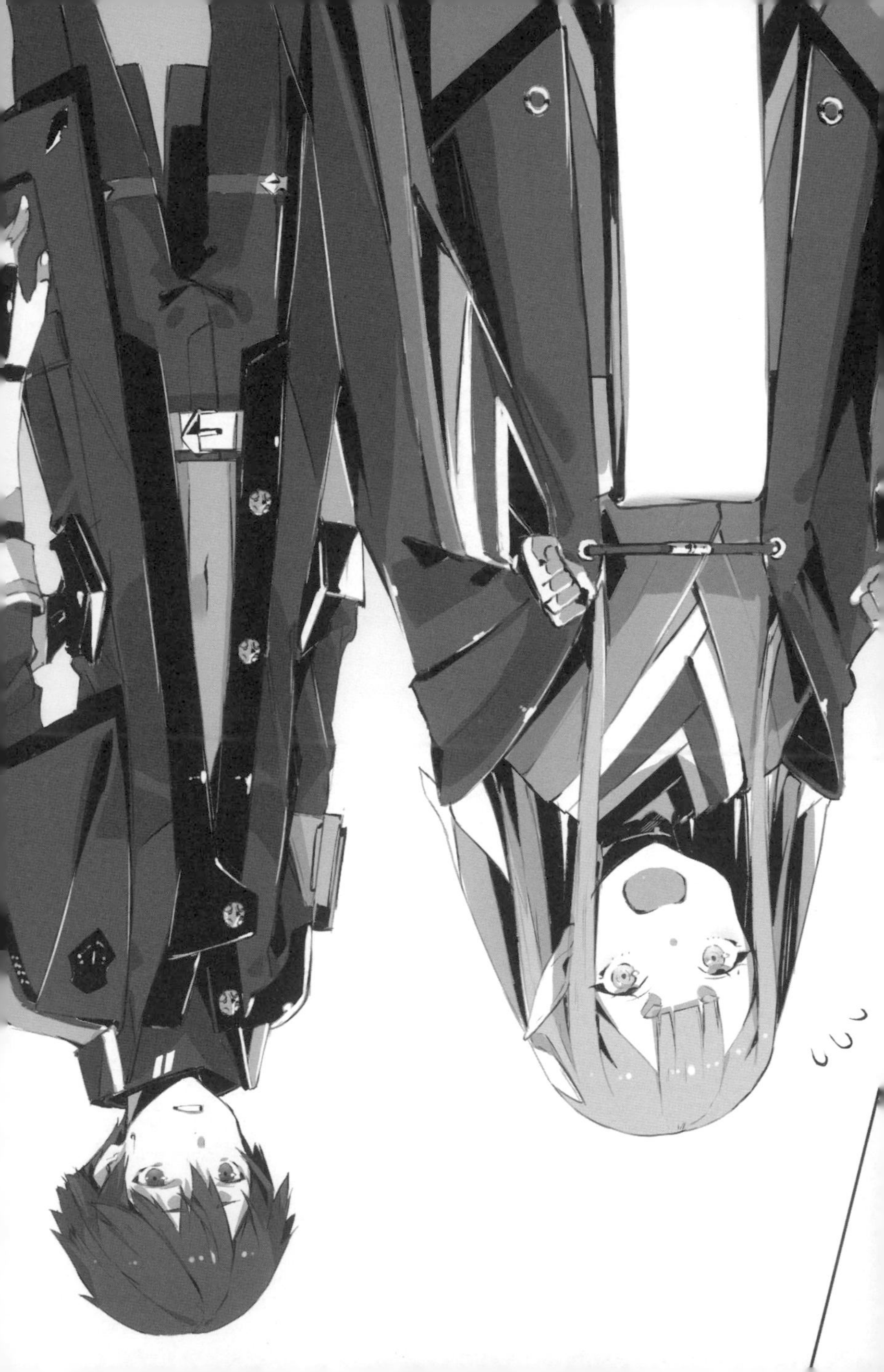

身旁。」

「沒錯！我也對這一點很在意！」

鈴娜像是抓到了小辮子似的跟著說道：

「那邊的精靈好狡猾，凱伊的身旁明明就是我的位置。沒想到……妳是繼貞德之後，又一個打凱伊主意的傢伙對吧！」

「這是誤會呀！」

當事人連長耳尖端都紅了起來。

「老身只是在幫這小毛頭帶路而已，所以才會待在身旁……」

「我已經決定了，這個重要角色就交給妳嘍。」

「別笑著說那種強人所難的話呀———！」

在精靈的村莊裡。

精靈巫女可愛的悲鳴聲層層迴盪，不絕於耳。

世界大陸南側。

悠倫聯邦——在作為國境的山裡，有一座被聖靈族視為聖地的瀑布。

祕境「伊格亞斯大瀑布」。

這是生態依舊成謎的聖靈族繁殖地。被奪走領土的人類反旗軍多次發起攻勢，但在遭受反擊後不得不撤退。是一處人類從未踏足過的土地。

在能將這座瀑布一覽無遺的懸崖上——

「好久不見啦，六元鏡光。妳來的是不是有點太早了？」

一隻獸人現身。

毛皮讓人聯想到熊熊烈火的獸人，向於對岸現身的一名敵對種族這麼說道。

獸人語氣愉快，以流暢的人語繼續說道：

「連部下都沒帶，看來妳是慌張到場的啊。」

「…………」

與之相對的，是全身上下都呈現藍色的黏稠生物（史萊姆）。

若要比喻的話，就像是將湛藍的「大海」化為果凍，並雕塑成人類的外型。

聖靈族的英雄「靈元首」六元鏡光——

藍色的半透明少女，無言地瞪視著幻獸族的英雄。

「冥帝最先被淘汰確實是出乎意料，那個行事謹慎的惡魔難得栽了跟斗。妳不這麼認為嗎？」

牙皇拉蘇耶。

被稱為古獸種的幻獸族英雄，臉上依舊掛著嘲笑。

「主天則是弱得教人傻眼。」

「———」

「四種族，各種族的英雄。如今只剩下最後兩名實在是教人寂寞。不這麼認為嗎？」

這個問題並不是投向六元鏡光。

而是跟在嬌小獸人身旁的怪物。

切除器官——

對於這明顯與幻獸族特徵大不相同的異種族，牙皇拉蘇耶以疼惜的動作加以撫摸。

與主天艾弗雷亞的狀況不同。

切除器官「很喜歡拉蘇耶」。

切除器官宛如被主人撫摸的忠犬般，享受著這般愛撫。

「主天的末路實在是過於醜陋。他試圖違抗這孩子的力量，讓自己失去了控制。狹小的器量招致了他的敗北。」

「…………」

至於聖靈族的英雄依然沒有出聲。

對於如此沉默的對手——

「我說，六元鏡光，身為此世賢者的妳，應該能夠明白吧？」

幻獸族的英雄攤開雙臂宣布：

「從今天起，聖靈族將於這世上消失。」

後記

天使為何墮落？

墮天使——

一如其名，乃是從天空墜至地面的天使，而這正是本集的敵人[主題]。

不過，由於筆者有想加油添醋的部分，是以在本作之中，天使失去翅膀的意義，有著只屬於本世界觀才有的解釋。化為墮天使的天使，是怎麼獲得力量的呢？而又是基於何種代價失去翅膀的呢？

本作第二集便是描寫這樣的內容，希望各位看得愉快。

那麼，感謝您購買《為何我的世界被遺忘了？》（簡稱《世界遺忘》）第二集。

雖說才開起頭就是向各位致謝，但所幸第一集的銷量極佳，似乎有望讓本系列繼續下去。

筆者真的很開心，謝謝大家！

故事目前還只是落在序章的部分，希望我能卯足幹勁繼續努力呢。

雖說第二集已經讓劇情大有進展，但用這樣的步調是不成問題的。本作隱藏的祕密就是多到能讓筆者如此老神在在，下一集也打算用全力推進劇情。

此外，第三集預定會於明年的二月二十四日上市（註：此為日本時間）。

在撰寫這篇後記的時候，筆者其實正在為第三集下筆。希望下一集能更進一步地接近世界之謎。

而在等待明年到來的這段期間，若各位不嫌棄的話，就讓細音我介紹一下同時撰寫的其他作品吧。

●Fantasia文庫

《這是妳與我的最後戰場，或是開創世界的聖戰》（簡稱《最後聖戰》）。

在戰場兵刃相向的劍士與魔女公主的傳奇奇幻故事。

主角和女主角不僅是敵對關係，同時也是勁敵。兩人究竟會有什麼樣的進展——基本上就是如此特別的世界觀。目前第二集才剛上市，在各通路應該還能買到才是。

這系列的狀況也相當穩定，是筆者想與《世界遺忘》一同努力撰寫的故事。若各位願意到書店拿起本書，便是筆者的榮幸。

第三集剛好會在下個月的十一月十七日開始販售，時間點也是緊緊相扣！

如此這般，剩下的頁數也不多了。

最後請容我在此致謝。

第二集也以瀟灑而帥氣的插畫為本作添彩的neco老師，這回的蕾蓮也相當可愛，希望您在第三集也能為她繪製插畫……！

以及責編N大人。這回除了原稿之外，也在封面設計上受您建言，真是非常感謝您。

而最需要感謝的，自然是購入本書的讀者。我打從內心向各位致謝。

但願——

能在下個月十一月《最後聖戰》第三集。

以及明年二月的《世界遺忘》第三集與各位相見。故事會變得更為精彩的，還請各位不吝期待！

於即將入秋的夜裡　細音啓

※我會在推特上隨時公布新書上市等訊息。

https://twitter.com/sazanek

NEXT
每每步上新的道路，
世界之謎就會隨之浮現。
接著，眾人將面對衝擊性的發展……？
為何我的世界被遺忘了？
Phy Sew lu, ele tis Es feo r-delis uc l.
眾神之道
第3集敬請期待！

戀愛必勝女神！ 1~2 待續

Kadokawa Fantastic Novels

作者：まほろ勇太　插畫：あやみ

大地因為繪馬的「練習女友」宣言而受到矚目，
被選為校慶的校園帥哥選拔賽的班級代表？

為了通過男女雙人組的審查，未里愛向大地宣告要進行特訓。未里愛的對手杏南轉來這所學校就讀，她因此燃起熊熊鬥志，甚至宣布要合宿訓練！繪馬雖然為了替兩人加油，也理所當然似的參加了合宿，卻會不時露出看似不安的表情……？

各 **NT$220/HK$68~73**

國家圖書館出版品預行編目資料

為何我的世界被遺忘了?. 2, 墮天之翼 / 細音啓作；
蔚山譯 . -- 初版 . -- 臺北市：臺灣角川 , 2019.12-
冊；　公分
譯自：なぜ僕の世界を誰も覚えていないのか？. 2, 墮天の翼
ISBN 978-957-743-443-2(平裝)

861.57　　108017548

Kadokawa
Fantastic
Novels

為何我的世界被遺忘了？ 2
墮天之翼

（原著名：なぜ僕の世界を誰も覚えていないのか？ 2 墮天の翼）

2019年12月23日 初版第1刷發行
2024年7月3日 初版第2刷發行

作者：細音啓
插畫：neco
譯者：蔚山

發行人：台灣角川股份有限公司
總監：呂慧君
總編輯：蔡佩芬、朱哲成
主編：林秀儒
設計指導：陳晞叡
美術設計：李思穎
印務：李明修（主任）、張加恩（主任）、張凱棋、潘尚琪

發行所：台灣角川股份有限公司
地址：104台北市中山區松江路223號3樓
電話：（02）2515-3000
傳真：（02）2515-0033
網址：www.kadokawa.com.tw
劃撥帳戶：台灣角川股份有限公司
劃撥帳號：19487412
法律顧問：有澤法律事務所
製版：尚騰印刷事業有限公司
ISBN：978-957-743-443-2